Angèle

Denis Faure-Geors

Angèle

Edition : BoD - Books on Demand
12/14 rond-point des Champs Elysées
75008 Paris
Imprimé par BoD – Books on Demand, Norderstedt
ISBN : 978-2-3221-5731-0
Dépôt légal : Mai 2017

I

À Marseille la pêche avait connu des jours meilleurs sans aucun doute, et pourtant malgré cela, José Raï, perpétuait la tradition et pêchait, contre vent et marée. Son fond têtu faisait obstacle aux injonctions venant de toutes parts, le suppliant de se trouver un autre métier, et ceci avec autant de force de la part de ses confrères que de sa famille qui avait peine à finir les mois.

Du temps de son père, c'était différent, la sardine prospérait et des hordes d'embarcations creusaient la mer pour rejoindre le large, à l'assaut de ce petit poisson argenté qui jadis, paraît-il, boucha Le Port de Marseille.

José aimait pêcher à cet endroit, au large de la baie des singes. Ce jour-là, il avait coupé le moteur et avait laissé flotter sa barcasse marseillaise au gré des courants. C'est ici même que son père l'avait pris par les aisselles et l'avait trempé pour la première fois dans la mer. Il avait huit ans, l'âge de son fils. « N'aie pas peur, disait-il. N'aie pas peur ! » Il n'avait pas eu d'autres fonts baptismaux que la mer. Quand la vie lui faisait du mal, c'est toujours ici qu'il revenait, comme pour tenter, là, entre mer et ciel, de se réconcilier avec le reste du monde, seul et dans le silence.

À cet instant-là, perdu dans ses pensées, il oubliait presque la nuit qui glissait lentement et que le jour ne tarderait pas à poindre. Dans le ciel des guirlandes protectrices d'étoiles l'enveloppaient encore. Serein, il pensait que son père devait le regarder de là-haut, du haut de la voûte céleste bienveillante qui se miroitait dans la mer comme dans une psyché.

Seul mouvement ici, celui de son bateau clapotant sur l'eau. Il était là depuis des heures ainsi, sans bouger, les yeux fermés, jusqu'à sentir enfin se dénouer la boule de dégoût et de tristesse qui l'oppressait. Il pensait à sa femme et à son fils François qui avait besoin de lui. Même s'il n'avait pas toujours été exemplaire dans sa jeunesse de voyou, il prenait maintenant très au sérieux son rôle de chef de famille.

Il avait aussi une haine farouche de tout ce qui pouvait impacter négativement la mer, et un point de vue radical sur ceux qui ne la respectaient pas. Entre autres, il était horripilé par les touristes qui descendaient sur la côte les mois d'été, accueillis généreusement par la région dans une sorte de boulimie économique.

Ils déferlaient anarchiquement dans les hôtels et les campings, avec la seule conscience d'être en vacances, sans se poser la question essentielle de la fragilité du milieu.

José avait horreur de ces gens qui s'agglutinaient un peu comme des otaries bien grasses, comme s'il leur fallait absolument thésauriser le rayonnement éphémère du soleil en se massant toujours au plus près du rivage. Ce tropisme méditerranéen était certes une manne pour les villes côtières, mais une catastrophe pour la nature.

Au fil des années, la pêche professionnelle en avait pâti et il avait constaté la lente agonie de la mer. Outre cette frange d'indigènes peu respectueuse qui laissait au gré du mistral des bouteilles en plastique, des sacs d'ordures de pique-nique dans les anfractuosités de rochers qui avec l'aide du vent se retrouvent invariablement à la mer. Le saccage venait aussi des chalutiers de toutes sortes qui sans scrupule sortaient comme d'un puits sans fond des filets ruisselants. Ils ne se rendaient pas compte qu'ils mangeaient fiévreusement la main qui les nourrissait.

Cette lente défiguration du paysage maritime s'accélérait maintenant d'une manière qui paraissait inexorable. Quand on sait qu'elle progresse depuis vingt ans, la pollution de la mer se termine rarement en explosion écologique soudaine et définitive. Des moyens, des efforts consentis des politiques surtout au moment des élections, ne faisaient que blanchir un mal profond. Les états d'âme de la population sur le sujet étaient fluctuants et ressemblaient plus aux différents stades par lesquels on passe lorsqu'on est atteint d'une maladie incurable, où se succèdent des moments de détresse, d'espoir, de révolte et déni de la réalité, pour finir par de la résignation.

José n'était toutefois pas encore arrivé à ce stade. Il remontait ses palangres au large de l'île Maïre à quelques encablures de la baie des Singes. Accroché à son moteur, il naviguait avec assurance comme lui avait appris son paternel. Virant de bouée en bouée, il remontait ses lignes et était toujours subjugué par l'éclat aléatoire des poissons dans la lueur féerique du matin. Dans sa frénésie olfactive, il décrochait l'hameçon de la mâchoire puissante des dorades qu'il avait capturé.

Trois flotteurs plus tard, ayant amassé une quantité non négligeable se dit :

— J'en garde pour demain ! Je rentre.

Il avait chevillé à l'âme, un petit côté « écolo » sympathique, une cheville que lui avait plantée son ami, son alter ego dans le combat de la mer, Jean, une grosse armoire à glace, rousse qui le faisait deux fois, autant par l'âge que par la taille, c'était un peu son référent qui l'avait sorti de pas mal d'embrouilles. Il l'avait d'après lui, mis sur le bon chemin de la vertu. Malgré l'emprise que Jean avait sur lui, José avait toujours son libre arbitre pour certaines choses, comme ses convictions politiques. Elles n'étaient guidées que par sa propre expérience. Tout était simple pour lui, il menait sa barque lucidement, et pensait que si tout le monde avait le même comportement que lui tout irait bien mieux !

José avait délaissé la sardine et s'était spécialisé dans la pêche à la dorade, plus lucrative. C'était le poisson qui se vendait le mieux sur le port, et il ne comprenait toujours pas pourquoi pour son dîner, Rachel lui servait toujours des sardines ! Un reproche peut-être ou une mièvre nostalgie du passé.

— Merde ! dit-il, j'ai oublié la quatrième bouée !

Se dit-il bizarrement.

Il démarra le moteur et franchit sur une eau frémissante les quelques dizaines de mètres qui le séparaient de celle-ci. Quand il essaya de remonter le fil, rien ne vint.

Le temps avait tourné. Le vent d'Est avait amené de gros nuages noirs et les vagues qui léchaient la coque ressemblaient à des langues noires inhospitalières, chimériques.

Il faut que je remonte cette putain de palangre et que je rentre vite au port ! Se dit-il, la mâchoire serrée, tremblant.

Il cala ses pieds dans le fond de l'étrave et tira de toutes ses forces. À un moment, il se mit à crier à la mer son désespoir, car il était sûr d'avoir enragué.

Ce n'était pas un drame en soi, mais refaire une palangre était toujours quelque chose de difficile. José prit son mal en patience et lentement sentit le fil céder et venir à lui lourdement. Dans le cerveau de tout pêcheur gît la prise mythique, l'espoir de sortir de l'eau, un poisson énorme !

Et en cet instant, il était totalement dans cet état d'esprit.

Cette éphémère rêverie cessa et il revint en force à la réalité.

« À tous les coups, c'est un poulpe énorme ! »

Se dit-il.

Tout en remontant la chose, il jetait un coup d'œil par-dessus bord, mais ce qu'il vit surgir de la mer d'encre n'était pas un poulpe, mais la tête d'une femme noire enchevêtrée d'algues et d'hameçons.

Son premier réflexe fut de lâcher le fil pour laisser cette abomination disparaître dans les profondeurs, mais il se reprit. En fait, il n'était pas comme ça José, son respect pour la mer était incommensurable. Il mobilisait toutes ses forces pour réussir à basculer la tête à moitié décomposée dans son embarcation.

Il avait « ça » dans son bateau, une putain de tête filandreuse au cou déchiqueté, une infâme extrémité qui bougeait avec le ressac et bourlinguait au milieu des poissons.

Il se demandait ce qu'il allait faire maintenant qu'il avait embarqué ce nouveau membre d'équipage. José était pris dans une sorte de filet invisible obsédant qui l'obligeait de raisonner avec la vivacité d'un poisson mort.

Son délire ne faiblissait pas, il criait comme un possédé en posant des questions à sa nouvelle copine.

José en sentant qu'il perdait la tête lui aussi se raccrocha in extremis à un reste de lucidité. Il se pencha sur la margelle et s'aspergea le visage. L'écume salée lui fit retrouver le métabolisme d'une morue, en un clignement de cil. Il réalisait la situation merdique dans laquelle il se trouvait.

Pour un citoyen normal, la suite de cette histoire finirait immanquablement à la police, mais pas pour lui ! En parlant de « normal », il ne pensait à personne en particulier et surtout pas à un certain président qui lui sortait des yeux.

Impliqué dans le braquage d'une banque, il avait purgé une peine de prison qui lui fit amèrement regretter son acte et ne voulait plus avoir affaire à la maréchaussée. Il avait fait quelques conneries dans sa jeunesse, maintenant c'était derrière !

Depuis il était rangé des voitures et menait une vie extrêmement normale, pour lui évidemment.

Son cerveau tanguait dans l'esquif et sous le ciel moussu de fines gouttes d'eau s'échappaient de cette cotonnade grise. José regardait la chose infâme avec l'effroi approprié à la situation. Il prit la tête crépue entre ses mains tétanisées par le froid et la leva au ciel d'un air de dire sa colère à Zeus et à Neptune. Pourtant il n'avait pas résisté au chant macabre de cette sirène surgi des profondeurs. Ses mains glissaient dans une étoupe de cheveux gluants qui se détachaient sous ses doigts. La terreur s'était emparée de lui, il pensait être un « dur », jamais il n'aurait pu imaginer être aussi pleutre.

Il fit le geste de l'envoyer par-dessus bord, mais il se retint, pourtant il savait bien que s'il ramenait cette chose abominable au commissariat les flics allaient lui poser des tonnes de questions et que son passé de petit truand lui reviendrait comme un boomerang.

Il respira profondément, analysa la situation et quitta son lieu de pêche pour se rendre sur le Vieux-Port. Accroché au moteur de son bateau, José tenait le cap, mais son regard ne pouvait pas se détacher de cette pauvre fille. Il prit un chiffon qui contenait ses outils et au moment d'entourer la tête se rendit compte malgré le début de décomposition que ce visage ne lui était pas complètement inconnu. C'était de plus en plus étrange pour lui d'imaginer connaître cette personne pourtant maintenant, il en était sûr, il avait vu cette femme sur le bateau de Jean, le marin de la galiote. José, ce petit homme, pour qui la devise était « Ni Dieu ni Maître », l'anarchiste de la mer, le forçat de l'écume et du vent ne pouvait pas sciemment retrouver sa femme avec ce petit cadeau bien pourri.

Résolu, il arrêta le bateau au large de la Madrague de Montredon, défit les bandelettes avec une application archéologique, sortit son iPhone et fit une photo de cette momie des temps modernes. Il plaça le fichier dans un endroit secret de son téléphone, car il n'avait pas envie que Rachel découvre cette horreur. Il voulait lui éviter une crise cardiaque. Il savait aussi qu'elle était curieuse et qu'elle pouvait mettre son pif dans ses fichiers.

« Je montre la photo à Jean et je l'efface aussi sec ! » Se dit-il.

Après un certain temps, comme un temps de recueillement, il fit une prière pour cette fille qui allait avoir comme sépulture la mer. Après l'avoir jeté par-dessus bord, il fit un signe de croix et redémarra le bateau. Sur l'eau, sa devise anar était intacte, mais un changement notoire s'opérait dès qu'il posait le pied à terre, là il avait bien un maître, sa femme !

Rachel avait monté son étal à 8 h 30 et il manquait le principal : le poiscaille. Celui-ci tardait à arriver et elle commençait à s'impatienter.

Alors que tous les pêcheurs alentour commençaient à convertir l'« organique » en espèces sonnantes et trébuchantes, la pauvre Rachel ruminait grave. Elle était en train de faire un « costume à son mari » comme on dit à Marseille, et à qui voulait l'entendre. Les pêcheurs se retournaient vers elle en triant leurs filets et les touristes s'arrêtaient devant sa représentation théâtrale.

II

Marseille, 12 août 2014

Sept heures du matin, la peau grasse comme une panisse, Richard avaient du mal à émerger. Suffoquant de chaleur et noyé dans la moiteur son lit, il barbotait encore comme ça entre deux eaux, submergé par un rêve étrange. Réveillé en sursaut par le bruit d'une moto, il tira violemment le drap qui l'avait possédé pour la nuit, comme un papillon affolé qui sort de sa chrysalide. C'était le jour de ses 54 ans, et il avait plus envie de se tirer une bastos dans le citron qu'autre chose. Ses seules amies étaient les araignées. Elles étaient dans le coin du plafond depuis des années étant donné qu'il n'avait jamais essayé de prendre un balai pour les enlever. Elles tendaient leurs pattes vers le ciel et le contemplaient, recroquevillées sur leur toile. Ces bestioles étaient les seuls animaux de compagnie qu'il pouvait avoir, pas de frais de vétérinaire ni de nourriture, elles se suffisaient à elles même, un peu comme lui. Elles étaient le pendant, l'alter ego de celles qui lui mangeaient le cerveau toutes les nuits.

Avec un sévère mal de tête, il accrocha ses lunettes sur le nez, fébrilement, comme pour mettre le pied à l'étrier d'une journée longue et incertaine, une journée qui ressemblerait étrangement à celle de la veille ! Ces lunettes, Hélène les lui avait offertes et elles traînaient depuis une trentaine d'années, posées comme sur un présentoir vintage aux abords de son visage buriné par le farniente et le désespoir. Le simple fait de les placer sur son nez était pour lui le signal du passage de la nuit à la lumière, du flou au net, c'était la seule façon qu'il avait trouvée pour chasser définitivement ses pensionnaires limbiques, les araignées.

Libéré de tout son carcan de nuit, le visage meurtri, Richard s'étira dans tous les sens et dans la foulée enfila une robe de chambre et chaussa ses babouches avec un petit rictus de plaisir !

Ce rituel lui révélait un reste de libido. En effet, pendant ce moment, il était submergé par une douce chaleur d'une volupté presque sexuelle. Le fait de pénétrer dans cet univers fourré et chaud lui procurait inconsciemment une sensation proche de l'orgasme, un mot qui ne représentait pour lui qu'un vieux souvenir !

Il resta assis un moment sur le rebord du lit en regardant du coin de l'œil et avec toujours le même effroi sa silhouette macabre dans la glace de l'armoire.

Ce miroir avait l'air de l'attendre, comme les araignées, de le prendre au lever, à sec, certainement pour lui faire prendre conscience de sa merveilleuse décrépitude.

Dehors, Marseille aussi se réveillait comme lui, nauséeuse ! Les éboueurs frénétiques alimentaient la gueule béante des camions-bennes dans des envolées quasi wagnériennes. Richard regardait derrière ses persiennes croisées avec une espèce de dédain les fossoyeurs du sale et de l'inerte. Il pensait cyniquement que leur but ne devait pas être de passer en matière de propreté de l'Afrique à la Suisse en quelques heures, mais trouver un juste milieu français.

Malheureusement, la nuit n'effaçait pas tout et en cela Richard ressemblait un peu à sa ville. Le matin malgré la vigilance des éboueurs, gisaient toujours des restes incertains sur le bord des trottoirs comme dans sa tête où subsistaient encore des araignées récalcitrantes qui avaient survécu à la nuit.

Il se ressentait un peu comme dans cette conjoncture urbaine, mis à part que pour lui, les monstres arachnoïdiens proliféraient de jour en jour et sans relâche, et lui n'avait pas le personnel qualifié pour faire le ménage dans sa tête.

Le noir déposait en lui des choses malsaines et dès le réveil les ouvriers de l'ombre de son cerveau travaillaient inlassablement avec méthode, et ils exultaient les miasmes de la nuit en faisant passer ses états d'âme du gris « foncé » au gris « clair » pas plus !

Richard laissa sa robe de chambre sur le dossier d'une chaise avec la vivacité d'un loir en hibernation, enfila un vieux caleçon tiré de sa commode acajou. Une chose informe, une sorte de « tue-l' amour » à pois jaunes sur fond rouge.

Ses collègues de bureau qui avaient le sens du comique la lui avaient offerte à l'occasion de la Saint-Michel le patron des policiers.

La nostalgie lui perforait le cœur. Il aimait tellement porter de vieilles fringues, écouter de vieux disques, ou sentir un parfum oublié ! C'était le moyen d'association qu'il avait trouvé pour lier ses souvenirs, pour les garder intacts et en général ça fonctionnait assez bien.

À la vue du caleçon, il remontait sur les traces du passé et voyait tous ses amis de la brigade devant lui, en train de rire, le verre à la main au moment de lui faire ce cadeau incongru !

Tout ça était loin pourtant le souvenir dopé par l'objet en question se détachait dans le moindre détail.

En bataille, ses membres sortaient de la bestiole à pois comme les branches d'un arbre famélique sur lesquelles on pouvait voir les derniers bourgeons d'une famille de doigts arthrosiques.

Richard n'était même pas dégoûté de son corps, c'était pire que ça ! Il avait tellement pris de la distance avec lui qu'il avait l'impression qu'il ne lui appartenait plus ! Il pouvait l'analyser comme un scientifique, sans émotion particulière. Comme tous les matins, devant la glace de la salle de bains, il considérait son corps avec aplomb comme s'il faisait le tour du propriétaire procédant à un état des lieux. Il se disait que s'il avait été un logement, le loueur n'aurait certainement pas rendu la caution à la fin du bail ! Ses traits étaient creusés par la nuit et en les scrutant il se rendait compte que de jour en jour son état ne faisait qu'empirer.

Même s'il n'aimait plus son corps, il voulait l'occuper encore un peu et il n'était pas question de rendre les clés ! En fait, il avait enfoui l'espoir secret de se reconstruire.

Une main molle parcourait sa peau glabre et laiteuse, tendue comme un tambour sur ses os proéminents. La pâle sensation de se transformer en une espèce de vampire lui avait même effleuré l'esprit !

III

Ce matin-là Richard avait passé une demi-heure à triturer le passé comme un gland et à s'apitoyer lamentablement sur son sort. Le fait de vivre toujours seul l'avait placé dans une situation où il se faisait les questions et les réponses, et pour lui c'était de plus en plus compliqué.

Trop de choses l'accablaient. L'agoraphobie était devenue un signal faible de sa personnalité, il n'en prenait pas conscience vraiment. Depuis l'accident, il évitait la foule comme porteuse d'une maladie contagieuse, et restait quasiment cloîtré dans son appartement. Après la visite de son corps, il se dirigea mollement vers sa chambre et tira de la commode un paquet de cigarettes. Sous celui-ci, un fragment du passé l'attendait. Une boucle d'oreille d'Hélène le ramena en un éclair, le jour du drame. Il était ému comme toujours, quand il lui arrivait ce genre de chose. Dans un sentimentalisme exagéré, il se revit là-bas, jeune, souriant, joyeux, dans les bras d'Hélène entourés d'amis, pendant cette soirée du réveillon de l'an 2000. Son esprit se mit à remonter le temps et il se voyait dans cette soirée de cauchemar où tous ses amis, défoncés, écoutaient Pink-Floyd à tue-tête. Richard se sentait en osmose avec tous ses amis de jeunesse. Ils formaient ensemble un rempart à la connerie des adultes, dans une sorte de nid douillet accueillant. Une fille avait apporté quelques brindilles d'amour pour faire se faire accepter, c'était suffisant. Au fil du temps elle gonflait le groupe d'amis qui l'avait mal évalué. Elle ne s'était pas du tout intégrée, et sa timidité l'empêchait de se mélanger. Elle s'appelait Francine et il faut dire que tout le monde la charriait. C'était un prénom déjà pas très à la mode qui évoquait plus une marque de farine qu'un être humain. D'autant plus qu'elle était noire. Elle en intriguait plus d'un et sa gaucherie et sa couleur de peau, ne laissaient pas indifférent. Richard et tous ses amis avaient grandi ensemble depuis l'école primaire. Ils ne s'étaient jamais quittés, et se retrouvaient là, de temps en temps, dans cette maison qui évoquait la maison bleue de l'époque de Maxime Le Forestier, où ceux qui y avaient vécu avaient jeté la clé. Ils étaient passés de la mobylette bleue au scooter dernier cri, en vingt ans. La génération soixante-huitarde avait applaudi l'arrivée de la gauche en 1981 et avait vite était désenchanté par la suite. Celle-ci entra dans une période de jeunesse plus mûre et beaucoup moins utopique. Après le rêve mitterrandien, la réalité s'était révélée plus sombre. La plupart des étudiants qui avaient participé aux évènements de mai 68 et avaient adopté les mœurs et les idées qui s'étaient imposées à cette occasion. Toute cette jeunesse n'était pas uniforme et n'avait pas forcement de conscience politique affirmée suivait le mouvement dans une joyeuse déconnade. Tous ces étudiants ne comprenaient pas qu'ils étaient quelque peu manipulés par les courants politiques. Tous les petits bourgeois de cette époque se parfumaient de chimères et d'anarchisme sans modération. Ils étaient endoctrinés, comme envoûtés par la fragrance de liberté qui flottait dans l'air. Richard et Hélène malgré cette grosse vague de délire avaient toujours gardé les pieds sur terre. Maintenant quelques décennies plus tard, revenus à la réalité, ils aimaient prolonger avec leurs amis, l'époque du « peace and love » le temps d'une soirée.

Aujourd'hui grâce à la boucle d'oreille, il revoyait Hélène devant lui dansant comme une folle, se trémoussant à la manière de Janis Joplin avec tellement de détails qu'il avait l'impression d'être vraiment en face d'elle. Il avait généré une sorte d'hologramme parfait. Les bracelets, les bagues, le teint juvénile de sa peau, la robe rouge en cuir, elle était bien là. Richard sentait arriver un mauvais trip et ce qu'il sentait arriver, arriva.

Hélène sortit de la maison en colère et alla vers la voiture. Il la voyait maintenant, devant lui, dans un épais brouillard, elle lui parlait d'une voix rauque, la bouche tordue et le front plissé pour donner plus de force à son discours. C'était l'heure de partir maintenant, et il n'était pas vraiment disposé à l'écouter sur son problème d'alcool, il voulait prendre le volant coûte que coûte.

Devant cette boucle d'oreille, le cheminement de l'histoire filait devant ses yeux ébahis comme sous hypnose. Il se voyait riant bêtement, complètement bourré devant la voiture, n'arrivant même pas à trouver le trou de la serrure. Il s'ensuivit un dialogue sur fond d'acétone.

— Richard, arrête ! Tu n'es pas en état de conduire.

— Allez, Hélène, tu vas voir, je vais assurer !

— Je vais demander à Jean si l'on peut dormir chez lui ! Interjeta Hélène

— On va y aller tranquille, tu as confiance en moi, je vais doucement ! lui répondit-il.

— Passe-moi les clés ou je fais un malheur, je vais conduire ! lui lança Hélène vindicative.

Richard ne réagit même pas quand elle se mit au volant tellement qu'il était défoncé. Le bruit sourd de la *MG Midget* au démarrage le fit se concentrer sur ce fil d'Ariane qu'il avait tiré du passé et qu'il suivait avec appréhension.

Il aurait voulu arrêter le film qui se projetait dans sa tête, mais il ne pouvait pas lutter. Le récit continuait, indifférent à ses souhaits. La route était mouillée et une brume épaisse enveloppait la voiture. Hélène n'aimait pas conduire la nuit, mais là c'était vraiment pour la bonne cause.

Le couple alcoolisé avait fait une dizaine de kilomètres à l'arrache. Ritchie comme l'appelait affectueusement Hélène, était hypnotisé par une pomme qui naviguait de droite à gauche sur la planche du tableau de bord au gré des virages. À un moment, il força sa nature à faire la conversation, car il sentait qu'Hélène commençait à piquer du nez. Un peu assoupie, un virage en épingle la surprit, mais elle rétablit brillamment la situation. À cet instant, la pomme tomba sur le sol de son côté. Ils étaient encore en train de rire de la dextérité légendaire d'Hélène, qu'une forme sur la route sortit du bas-côté. Hélène tourna violemment le volant pour éviter ce qui ressemblait à un sanglier et tout de suite après appuya sur la pédale de frein pour éviter la sortie de route. Malheureusement, la pomme, comme un grain de sable dans la mécanique du destin, s'était glissée où il ne fallait pas, exactement sous la pédale de frein. Hélène appuya sur celle-ci de plus en plus fort, mais rien n'y fît et ils dévalèrent le ravin à tombeau ouvert. Après quelques secondes d'une descente vertigineuse, un arbre les arrêta net. Sous le choc, Richard s'était évanoui. Quand il retrouva ses esprits, les vapeurs d'alcool l'avaient quitté, en même temps qu'Hélène. Une branche avait traversé le pare-brise et l'avait blessé mortellement.

Il était resté prostré un moment avant d'appeler les secours, accroupi, tétanisé, ne pouvant pas se faire à l'idée qu'Hélène soit morte.

Des gestes désordonnés, désespérés le propulsaient sur elle. Il essaya de retirer cette branche morte qui lui avait transpercé le cou et s'acharna pensant que ce n'était pas fini ! Que c'était impossible !

Couvert de sang à force de triturer cette branche pourrie, il insistait avec l'énergie du désespoir, tapotant les joues de sa femme jusqu'à l'arrivée des pompiers.

Richard n'était plus capable de rien, et quelque temps après les funérailles, il fit une dépression et fut soigné dans un hôpital psychiatrique. Il y était resté 15 jours, et les docteurs n'avaient pas jugé bon de le garder plus longtemps. Il sentit qu'il n'était pas guéri, pourtant ils l'avaient relâché, comme un animal pas encore sevré, tout seul avec sa conscience !

Le fait de la savoir « là-bas », comme il disait, dans cet endroit calme, où jamais il ne pleut, où le brouillard n'existe pas, sous des cieux plus cléments, le rassurait un peu.

Hélène devait être bien maintenant, loin des contraintes terrestres, et il s'était juré de la rejoindre au plus vite.

Le sang qui faisait partie de sa vie de policier avait coulé ce soir-là d'une autre façon !

La boucle d'oreille avait livré l'essentiel, il repoussa le tiroir et l'hologramme disparut.

Elle était morte depuis quatorze ans et il avait l'impression que c'était hier. Ils s'étaient connus en 1980 dans l'euphorie qui régnait avant l'investiture de François Mitterrand alias « la grande Mitouse », et surtout l'espoir de la défaite de Giscard, l'homme qui symbolisait la ringardise absolue, et qui aujourd'hui était vénéré comme maître Yoda. Richard avait vingt ans, elle en avait dix-huit. Ce fut pour lui son « vrai » premier coup de foudre. Il y eut certainement l'esprit drolatique d'Hélène et la fulgurance de sa conversation qui l'avait séduit.

C'était une fille merveilleuse, au visage lisse de poupée de porcelaine, une enchanteresse de la parole, une de ces gonzesses qui donne des complexes !

Richard au début de leur relation était un peu perturbé, car Hélène avait tendance à accorder une plus grande valeur aux mots, qu'aux actes. Elle était simplement guidée par des schémas classiques de jeune adulte qui se cherche.

Elle se rassasiait de poncifs, culture, références littéraires, musicales, cinématographiques, tous les clichés, elle les collectionnait.

Lui, il n'était pas trop comme ça. Il n'était ni littéraire ni révolutionnaire, comme il avait le sentiment qu'elle l'était. Il avait étudié la criminologie à Aix-en-Provence et était entré dans la police dans la foulée.

Pour entrer en résonance avec elle, il avait exploité un filon subversif. En fait sa stratégie était d'aller toujours dans son sens pour la conquérir en lui parlant de ce qu'elle voulait entendre. Il faisait l'éloge de ses chanteurs préférés, Nougaro, Brassens, enfin de tous les chanteurs qui risquaient de lui plaire ! Il lui avait même chanté « L'étrangère » la chanson de Léo ferré sur le texte d'Aragon.

« Il existe près des écluses un bas quartier de bohémiens

Dont la belle jeunesse s'use à démêler le tien du mien

En bandes on s'y rend en voiture ordinairement au mois d'août, ils

disent la bonne aventure pour des piments et du vin doux. »,

Elle était morte de rire et trouvait ça démodé, mais lui, en creux, savait qu'il avait marqué un point, même s'il chantait faux. Outre son esprit pour lequel il fût tombé amoureux en premier, il bavait littéralement devant son corps de braise !

Il fallait voir à cette époque les autres filles qui faisaient leur première année de fac, comme Hélène ! Elles étaient toutes un peu atrophiées du bulbe, un semblant empoté on va dire, alors que leurs tenues vestimentaires paradoxalement sentaient le soufre. C'était l'époque des jupes noires en Skaï, du fluo partout, les vestes retroussées aux manches, les collants en dentelle et la coiffure en pétard !

Richard et Hélène conclurent l'affaire et se retrouvèrent au fond d'un lit après quelques semaines à se chercher.

Leurs corps se rapprochèrent inexorablement et une vague les emporta loin du rivage sur une mer étale pendant près d'une vingtaine d'années, jusqu'à cette soirée maudite qui ponctua définitivement leur histoire.

IV

Après la mort d'Hélène, Richard eut le soutien des collègues du commissariat, en particulier son coéquipier Henri qui faisait des pieds et des mains pour le distraire. Peu à peu il remontait la pente, embarqué dans son travail de policier. Les rondes de nuit avec lui étaient devenues une sorte de thérapie. Certes, son physique y était pour quelque chose, il avait une trogne pas possible. Il était tellement drôle avec cette grosse moustache qui barrait son visage basané, comme un sens interdit. Henri était le mélange subtil d'un *Enrico Macias* qui se prend de plein fouet toute la misère du monde, et d'un *Saddam Hussein,* version sympathique.

Ces yeux noirs globuleux ajoutaient un peu plus de noirceur à son visage aux multiples facettes. Richard sentait qu'il avançait lentement vers la voie de la guérison. Malheureusement, tout ce bien-être relatif que lui procurait Henri fut que de courte durée. En effet le soir d'une interpellation dans le quartier de l'opéra, Henri avait passé l'arme à gauche, lui aussi. Richard avait un moment pensé au suicide, mais sa faiblesse légendaire l'arrêta.

Il était persuadé que tous les gens qui gravitaient autour de lui, que ce soit de près ou de loin, prenaient un risque évident. La persécution avait pris le pas sur son esprit rationnel. C'est pour cette raison qu'il s'était enfermé dans son appartement dans un élan d'altruisme, pour protéger ses congénères du malheur.

Le hasard, il l'avait supprimé de son vocabulaire parce que le hasard c'était lui. Il avait tué Henri et sa femme quelque temps plus tôt sans être inquiété, on lui avait dit que c'était un concours de circonstances malheureux. Tous les gens qui comptaient pour lui, disparaissant violemment, ne lui apparaissaient plus comme un mystère. Il se sentait responsable de tout.

Depuis la mort de son frère de bataillon, toutes les nuits étaient pareilles, poisseuses et mortifères. Il les appréhendait farouchement et différait le moment fatal du coucher comme pour donner au sommeil le plus de chance possible à le cueillir.

Dans son lit, dans la position du fœtus, les draps imbibés de sueur, il entendait les mots de Wilson, son binôme, qui résonnait dans sa tête, ressuscitant toutes les images horribles qu'il tentait d'oublier.

Cette nuit de cauchemar l'obsédait. Minuit sonnait et il le voyait devant lui, vociférant sous la pluie chaude, aspergé par le gyrophare de son véhicule, Wilson lui annonçant la découverte du cadavre d'Henri. Cette nouvelle lui fit l'effet d'un électrochoc !

Richard se mit à courir comme un dératé derrière son chef dans la rue Sainte ! Ils prirent l'escalier qui donnait sur le Cours d'Estienne d'Orves !

En bas dans un recoin, près de la devanture d'un restaurant japonais, gisait une forme vaguement humaine. Le faisceau des lampes torches balayait un tas d'ordures détrempées qui jonchait le sol, recouvrant un corps en partie.

La pluie lui avait confectionné avec des cartons d'emballage et autres détritus, un habit collant à la fois luisant et macabre.

Richard approchait de cette chose informe et un choc le fit trembler ! Des ossements lustrés par la pluie sortaient à travers les cartons. On aurait dit qu'il avait été broyé. Quand il aperçut son visage tuméfié, des spasmes de nausée lui firent se détourner de la scène pour vomir, quand le visage éclaté de son coéquipier se détacha de cette fange.

Son ami, celui qu'il avait envoyé au casse-pipe en guise de reconnaissance pour tout ce qu'il avait fait pour lui !

Henri lui avait bien dit de ne pas s'en faire, qu'il s'occupait de tout, cette interpellation c'était la routine pour lui, il n'y avait pas de problème ! Richard lui avait dit de l'attendre, mais il en avait fait qu'à sa tête ! Il était parti seul à la mort. Pendant qu'Henri se faisait massacrer, Richard était allé acheter un paquet de clopes dans le quartier de l'opéra, à quelques centaines de mètres. Dans le bureau de tabac, il entendit quatre coups de feu rapprochés et son sang ne fit qu'un tour.

L'image du corps gisant d'Hélène avait écorché son cerveau en profondeur et maintenant une autre cicatrice était venue s'ajouter, celle d'Henri.

Cette fixation pathologique de la couleur du sang l'empêchait de vivre normalement.

Ce rapport tellement intime avec celui-ci le liait à tout ce qui l'entourait, c'était ainsi. Toutes les nuits, il rêvait de fontaines humaines dans des rues sombres où le rouge coulait à flots. Le sang se répandait sur le sol et il tentait de le récupérer en vain entre ses mains percées !

Des caniveaux comme des rivières poisseuses transportaient le fluide vital jusque dans sa tête. Les coups de feu, secs et répétés, ponctuaient en fond sonore son rêve récurrent. Si les politiques voient leur avenir en se rasant, Richard lui, y voyait le passé. Devant sa glace, il se fabriquait un monstre comme sous acide. Il ne se reconnaissait plus et pensait être devenu l'incarnation du mal, une sorte de personnalisation poissarde de la faucheuse.

Aujourd'hui, devant la glace de la salle de bain il scrutait son visage serti de points noirs et se mit à l'ouvrage afin de libérer la vermine comme si c'était le seul moyen qu'il avait trouvé pour expurger ses fautes. Enfin exfolié de ses comédons chargés de ses souvenirs les plus malsains, il sortit de la salle de bain et se dirigea à tâtons en traînant des pieds sur le parquet. Celui-ci qui à force de déambuler dans tous les sens, brillait comme un sou neuf.

Hélène n'était plus là, et ça commençait à faire un bail, depuis il ne supportait plus rien. Tout lui pesait. Sa carcasse et sa vie n'étaient que le support de sa misanthropie ! Ainsi après la mort d'Henri il était retourné chez lui, l'âme à la dérive, seul.

Comme une ascèse, comme pour faire un vœu pieux, il s'était volontairement mis à l'écart du monde et s'était emmuré vivant, métamorphosé en un ersatz d'ermite !

Richard contrairement à ce qu'il pensait, ne s'était pas transformé en cafard kafkaïen ni en loup-garou, non ! Il avait gardé son apparence humaine, mais sous le capot, tout était différent ! Son esprit avait basculé dans un autisme contrôlé qui avait une tendance à renforcer le trait de sa solitude.

Ce petit matin à l'aube de ses 54 ans, il avait regardé la rue à travers les persiennes et la terreur comme toujours s'emparait de lui. Il partit groggy vers la cuisine. En traînant les pieds, il avançait péniblement comme une larve et alla poser le gros boulet qu'il était sur une chaise de la cuisine. Prostré, les coudes plantés sur sa table, les doigts encerclant son menton glabre et anguleux, le regard absent devant son whisky, il avait l'impression d'avoir trop tiré sur un joint tellement que son esprit respirait le vide sidéral.

Il était sept heures du matin et pour Richard il n'était jamais trop tard pour picoler !

D'un geste mécanique, il faisait tourner son élixir de malheur en créant une mini tornade au fond de son verre, Richard fixait avec une telle acuité le centre du vortex et le liquide tournoyant qu'il en devint hypnotisé.

Comme sous l'effet d'une drogue, il admirait béatement le liquide ambré jouant avec les parois du verre. Il était un peu comme ça Richard, comme un poète maudit, comme ce pur malt désespéré qui cherche à s'évader de sa prison transparente. À l'image de cet alcool qui le tuait à petit feu, il se sentait, lui aussi, attiré inexorablement vers le fond par un autre effet, que l'effet physique gravitaire.

Il aurait pu s'appeler Pierre ou Paul, mais non ! Lui il s'appelait Richard et de toute façon après quelques verres, il ne se souvenait plus de rien, pas même de son nom !

Dans ces instants de soûlerie, il se disait qu'il avait peut-être trop bu, ou bien que c'était autre chose ! Il se trouvait souvent dans un état semi-conscient, où des images colorées lui venaient en rafale et où le rêve se précisait. Il regardait un film, dans une salle de quartier où sa grand-mère l'emmenait les jeudis après-midi quand il avait bien travaillé à l'école. Cette fois, ce n'était pas un péplum, comme il en voyait jadis, entouré de la faune hétéroclite des milieux de semaines, dans cette salle rococo où les cris des enfants faisaient vibrer le tympan de leurs chaperons !

Dans son rêve, le cinéma était désert. Il n'y avait pas d'ouvreuse, pas de paniers d'osier remplis de glaces au chocolat, rien ! Il voyait un film ou la distribution était réduite à la portion congrue. Richard était assis sur un fauteuil à strapontin, et se voyait en même temps sur l'écran. Il était à la fois le seul personnage d'un film noir qui retraçait sa vie et le spectateur de sa propre déchéance ! Le scénario était immuable, il n'avait pas les moyens d'en changer une ligne. Il sortit de ce rêve avant la fin du film. Sa bienveillante grand-mère lui prit la main et lui demanda pourquoi il voulait partir ! Elle n'attendit pas sa réponse et l'entraîna dans la rue. Elle avait compris son appréhension de l'avenir et essayait de lui faire prendre une autre route.

Quel rêve étrange ! se dit-il.

Devenu tellement asocial Richard pensait qu'il ne lui restait plus qu'« Alzheimer » pour s'occuper de lui ! Sa vie avait pris une allure bizarre, une vie tournant que sur un axe purement organique, physiologique, rien de plus !

Tout son côté affectif, il l'avait séquestré, enfermé comme on enferme un animal sauvage, dans une cage épaisse aux barreaux indestructibles, de peur que la bête ne le dévore.

Le noir c'était sa vie et le rouge c'était la couleur de son cerveau, tel qu'il l'imaginait !

C'était comme un tatouage indélébile, un tatouage qu'il voyait en fermant les yeux. Celui-ci avait la couleur du sang.

Son coéquipier était toujours dans son crâne il le revoyait en boucle, gisant dans une mare, une mare écarlate, la tête éclatée par une balle.

Ce souvenir-là, il avait cru pouvoir le contenir dans cette cage imaginaire ! Mais en vain, celui-ci se glissait entre les barreaux à son insu !

Richard c'était un nom « prédestiné » pour quelqu'un qui était dans un dénuement total autant physique que moral !

Certains policiers de la brigade, en le voyant complètement déboussolé après la mort d'Henri, avaient développé une sorte d'empathie vis-à-vis de lui ! Ils l'appelaient entre eux, familièrement et sans cynisme, le « Pauvre Richard » avec une moue circonstanciée.

Presque quatre ans s'étaient écoulés depuis cette descente de police qui avait mal tourné. Aujourd'hui c'était encore et toujours le « pauvre Richard ». Le pauvre hère n'avait pas tourné la page de son passé et ne pouvait pas envisager la moindre chose positive. Ainsi, il vivait au jour le jour. En fonctionnant à minima, il se rendait compte qu'il limitait son malheur et que finalement les frustrations qu'il s'infligeait lui apportaient malgré tout un certain bien-être. Le fait même d'avoir à parler lui posait un problème ! C'était comme s'il lançait du présent des appels vers un futur qu'il n'était pas capable d'affronter. Il lui fermait la porte, préférant largement sa vie immédiate, animale, ne lui demandant aucun d'effort particulier. Ces souvenirs étaient là, figés, finis, clairs, terrifiants aussi !

Comme tous les jours que Dieu continuait à faire, il se demandait s'il aurait la force d'aller rejoindre la brigade. En fait, tous les matins il avait une sorte d'amnésie qui ne durait pas plus d'un quart d'heure. Il oubliait à heure fixe qu'il était à la retraite depuis plus de deux ans !

Persécuté en permanence, Richard voyait roder Henri avec sa matraque et ses rangers cirés. Sans relâche il sentait le poids de son regard perdu.

L'envie de tourner la page le travaillait à en devenir obsessionnelle.

Agrippé à ce qu'il pouvait il se retrouvait sur un terrain moins rationnel et pensait de plus en plus que ses visions étaient bien réelles, que le fantôme d'Henri errait dans les limbes en attendant de trouver le repos. Tous les matins quand il se levait il sentait qu'il était là !

Son ectoplasme rodait autour de lui et le ramenait inexorablement à cette époque maudite qu'il voulait bétonner à tout jamais !

En creusant à peine, Richard comprit que ce fantôme ne le lâcherait pas facilement. Un goût de soufre dans la bouche lui signifiait qu'il était dans les parages. Il aurait fallu qu'il menât une petite enquête sur ce passé qu'il voulait oublier, mais il n'était pas prêt à ouvrir la boîte de Pandore.

Il était devenu une grosse feignasse inerte, confit dans son appartement, il n'était pas capable de pouvoir libérer l'âme perdue de quiconque.

Recouvrir son passé de béton armé à l'aide de médocs, n'était pas une solution. Une brèche profonde s'ouvrait de temps en temps où ressurgissait son ami, massacré dans cette rue pourrie, et tout ça, pour quelques grammes d'héroïne. Richard savait que tant qu'il ne lui donnerait pas des explications sur sa mort, le fantôme d'Henri le tarabusterait sans cesse !

À cause de son souvenir et de celui à la fois plus lointain et plus proche d'Hélène, la psyché de Richard était en capilotade. Il haïssait la société tout entière et entre autres, celle qui l'avait rejeté comme une merde, la police, et compensait sa tristesse par un bon pur malt écossais. Dès que la brèche s'ouvrait, il s'envoyait une bonne rasade.

V

Un an après la mort d'Henri, Raymond Samane le directeur du commissariat de police du premier arrondissement de Marseille était venu voir Richard dans son bureau. C'était un monsieur grand et mou à la soixantaine enfoncée et à l'embonpoint naissant.

Dans les locaux on le surnommait « le duce » à cause de sa gestuelle outrancière et de ses excès d'autorité qui aggravaient sa ressemblance avec Mussolini.

Cet homme à l'humour improbable ne comprenait pas autre chose que le premier degré d'une conversation. En revanche, dans les coups durs, son premier degré s'avérait efficace. Il allait toujours à l'essentiel. Lorsqu'une affaire coriace se présentait, il était le premier à se retrousser les manches, et le dernier à sortir du bureau. Son attitude rigide dans le travail contrastait avec sa vie de patachon, dans laquelle les femmes malheureusement lui faisaient faire ce qu'elles voulaient de lui ! Un poulet qui ressemblait plus à un pigeon, apprivoisé par la gent féminine.

Ce jour-là ce n'est pas sans une certaine gêne qu'il avait convoqué Richard pour lui annoncer que compte tenu de son état mental, il n'était plus possible de tenir son rôle au sein de la police, et qu'à son âge de plus d'un demi-siècle comme il disait avec un petit rire malicieux, le plus sage serait de prendre la retraite.

Le ventre de Richard se mit à saigner. Un coup de poignard lui aurait fait moins mal. Il eut la sensation à cet instant qu'on lui infligeait une sorte de double peine !

Quelque temps plus tard, après s'être fait plus ou moins à cette situation, il avait repris contact avec Wilson, son ami de galère avec qui il avait découvert le corps sans vie d'Henri. Il le connaissait depuis longtemps. Tous les deux, avaient fait l'école de police dans la même promotion, et avaient rejoint la brigade anticriminalité dans la foulée.

À l'époque, leur connivence était totale, mais depuis la mort d'Henri rien n'était plus pareil ! Ils se regardaient différemment maintenant, car en fond d'œil gisait toujours le corps broyé de la dernière recrue de la brigade.

Ce drame lui avait laissé la marque indélébile d'une balle dans son cerveau.

Avec sa sale habitude de prendre sur lui, Richard parvenait finalement à réagir à peu près normalement ! Mais à vouloir éliminer les choses qui lui faisaient mal, il se retrouvait dégarni, vide ! Il s'était rétréci comme un bonzaï, et coupait les fraîches pousses de ses appréhensions, de ses angoisses, dès qu'elles apparaissaient.

Malgré ses états d'âme d'agonisant, il trouvait toujours la ressource nécessaire de vivoter autrement que comme une larve, presque comme un être humain.

Se faire violence était le leitmotiv de sa nouvelle vie toujours « sous contrôle ». S'il avait été un intégriste religieux, il se serait infligé le « cilice », garrotté jusqu'au sang. Il fallait aussi qui puise au fond de lui la maîtrise de ses mouvements pour sortir de la terreur, pour s'arracher de sa phobie nocturne.

À son insu, des programmes s'étaient installés dans son esprit et il fallait absolument qu'il respecte les règles que son subconscient avait construites, pour ne pas être submergé par l'angoisse. Toutes ces sombres années, la culpabilité avait été sa seule compagne et elle l'avait déjà rongé jusqu'aux os.

Il s'était complu, il se complaisait et certainement se complairait encore longtemps dans sa façon de vivre, sublimement désastreuse.

Glissant inexorablement sur une pente dangereuse il avait l'espoir lointain qu'un jour il arriverait sur du plat ! Comme celui-ci malheureusement n'arrivait jamais, il avait opté pour la posture minimaliste du caméléon. Il bougeait le moins possible, même pas pour une mouche.

Avec parcimonie, il puisait l'oxygène juste nécessaire, car il s'était foutu dans la tête qu'il vivait dans un milieu hostile ! L'autarcie de son cerveau était totale. Il l'avait trop laissé faire et celui-ci était comme redevenu autonome, primal ! Cette grosse masse grise, inerte, au fond de sa tête, tournait en circuit fermé sur de vieilles connexions.

Pourtant cet espoir viscéralement secret, brillait dans son crâne. Il lui restait encore quelques « neurones optimistes », inexploités qui survivaient dans cette nuit profondément noire où régnait un monde peuplé de morts.

C'était cet univers semi-végétatif dans lequel il croupissait. Un univers où presque rien ne pouvait le distraire de son mutisme ordinaire.

La seule personne avec qui il avait pu entretenir un semblant de relation était Angèle, sa voisine d'en dessous, qui avait aménagé depuis une semaine.

Il voulait se détourner de la sensation agréable qu'il éprouvait en sa présence, mais il n'y arrivait pas.

Grâce ou à cause d'elle, une goutte d'eau fraîche perlait sur l'aridité de sa vie, et son espoir secret ressemblait quelque part à cette femme !

Il l'imaginait comme une plume blanche qui s'élève dans les airs, et qui selon la rumeur indiquait la visite d'un ange. Longue et effilée, elle était différente de toutes celles qu'il avait vues jusqu'alors. Celle-ci contournait le bord de la porte en tournoyant. Un petit courant d'air la poussa dans sa chambre. Il la ramassa, la regarda d'un œil oblique, elle était noire.

Une plume de corbeau ? se dit-il. Ce qui l'inquiétait dans ce présage c'était que si l'association de la pureté du blanc immaculé revient à l'ange, le noir devait logiquement revenir au démon.

Un instant plus tard, il se rendit compte que cette plume cannelée sortait du coin de son oreiller qui commençait à se dégarnir.

C'est de là que venaient les rêves, les souvenirs des anges qui s'immisçaient dans son esprit pendant son sommeil. Finalement la plume ne fut qu'un élément avant-coureur.

Angèle était passée le voir, le jour d'avant son anniversaire pour se présenter en tant que « nouvelle voisine ! »

Ce fut pour le coup une visite éclair ! Quand il ouvrit la porte, dépenaillé et les cheveux en bataille, avec une barbe de trois jours surmontée d'une haleine bigrement nauséabonde, Richard vit sa voisine comme un champignon qui avait poussé dans la nuit, souriante. Son sang se troubla !

Il voyait qu'elle était mal à l'aise à la vue de son visage ingrat et antipathique !

L'autoflagellation il connaissait ! Pourtant il était sûr qu'au fond de lui, une petite lumière d'espoir résistait à ses tourments de l'âme.

En accord avec cette partie de lui-même qui le contrôlait, il cherchait des arguments à la noix pour éloigner sa voisine ! Il ne fallait pas lui infliger le spectacle lamentable qu'il donnait, et l'extrême aversion de soi qu'il cultivait, fit que la présentation devant la porte ne dura pas plus de cinq minutes !

Richard pensait qu'Angèle, elle aussi, avait peut-être senti furtivement quelque chose d'agréable chez lui, avant qu'il ne se ferme comme une vieille huître effarouchée.

Une fois la porte verrouillée, il colla sa tête contre la porte comme pour vérifier si elle était vraiment partie. Un petit cliquetis de chaussures résonnant dans la cage d'escalier le rassura. Immédiatement, le souvenir de cette femme s'estompa et s'évanouit. C'était bizarre, les choses « bien » qui pouvaient lui arriver s'effaçaient à son insu comme des mirages, lui interdisant d'une manière drastique toute forme de bonheur.

Cette idée le rendait triste et pourtant même aujourd'hui il n'était pas vraiment conscient de sa parano qui avait empiré à doses régulières, homéopathiques !

Personne n'avait l'occasion de le voir tel qu'il était au fond de lui, traqué et persécuté par ses vieux démons qui l'avaient insidieusement apprivoisé. Richard avait du mal à éclater la surface de la vraie vie. Il était l'otage de lui-même en quelque sorte, et s'infligeait une sorte de châtiment.

Calé dans son canapé, il n'avait pas bronché de l'appartement de toute la journée, échoué devant la télévision en grignotant des cacahuètes.

Rivé à son écran, il ne se rendait même pas compte que petit à petit la nuit étouffait la lumière de la journée. Sur la tablette à gauche, la télécommande de la télé, à droite sur la table basse, sa bouteille de « Jack Daniel's » et un verre, il était cerné !

Il avait l'impression que d'un point de vue comportemental, il était à mi-chemin entre une personne atteinte de troubles obsessionnels compulsifs et d'une autre qui ressemblerait plutôt au genre maniaco-dépressif.

Il mettait une légère option pour la seconde, car il ne répétait pas vraiment des séquences plusieurs fois de suite.

Non, il s'acharnait à faire des choses futiles, bien, trop bien !

Assis à la table de la cuisine, il buvait à petites gorgées le thé qu'il venait de préparer.

C'était exceptionnel de changer comme ça ses habitudes, se dit-il !

Pas de whisky, ce matin ! Je fais des progrès ?

Comme s'il questionnait le contrôleur qui vivait dans sa citadelle intérieure !

L'impression qu'il s'était passé quelque chose d'important se précisait, mais quoi ?

Rien de transcendant n'était arrivé dans sa vie ! À part peut-être la femme du dessous, Angèle !

Elle a peut-être déréglé mes programmes ?

Se dit-il.

VI

Le lendemain matin, il était dix heures quand la sonnerie retentit. Richard se demanda qui pouvait sonner si tôt. Il arriva enfin devant l'entrée, énervé, le visage glabre, les poings faits et les babouches remplies de « moutons ». Il ouvrit la porte à la vitesse de l'éclair, et se dégonfla aussitôt comme un zeppelin en flamme !

Ses mains montraient leurs paumes, ses bras se détendirent et son regard piqua dans les yeux de l'ébène hystérique !

Angèle était là, pétrifiée, tenant une sorte de boîte devant elle.

— Bonjour, M Salieri !

— Bonjour, je croyais avoir été clair, il faut me laisser ! dit Richard sèchement

— D'accord, mais voilà, j'ai fait quelques gâteaux, vous voulez les goûter, Monsieur Salieri ?

— Non, s'il vous plaît, appelez-moi Richard, c'est mieux !

— Alors d'accord, ces gâteaux sont pour vous, Monsieur Richard !

Elle l'appelait comme ça, comme une pute à son proxénète, comme l'esclave à son maître, avec cet horrible « Monsieur Richard ».

Il avait en tête une chanson de Léo Ferré « Monsieur Richard ! » C'était l'histoire d'un mec perdu comme lui, dans la nuit au comptoir d'un bar, repoussant les limites de l'ultime verre.

Pendant que son ellipse finissait sa trajectoire tordue, les yeux noirs écarquillés et curieux de sa voisine volaient furtivement quelques images de son salon hétéroclite.

À cet instant, une grosse honte monta en lui. Il se pencha en même temps qu'elle pour lui obstruer la vue du champ de bataille !

Finalement, il capitula et récupéra la boîte à gâteaux avec un petit sourire forcé qui lui démit la mâchoire ! Ses zygomatiques ne travaillaient pas assez, comme le reste d'ailleurs !

— Bon, je vais y aller ! lui dit-elle dans un soupir, d'un air de vouloir dire le contraire.

— Vous voulez entrer deux minutes ?

— Deux minutes, pas plus !

Elle le bouscula presque pour entrer. Angèle était d'une vivacité impressionnante ! Il était encore à la porte qu'elle était au centre du salon d'un air de dire :

« Alors ! Je m'assois où ? »

Il était un peu estomaqué de voir qu'il y avait quelqu'un dans son salon ! Elle était là devant lui, bien vivante, comme une bergère noire entourée de ses moutons ! Ayant de plus en plus honte de son bétail, il poussait discrètement les bestioles avec les pieds, sous les meubles !

Il lui montra le fauteuil d'un air désabusé et elle s'y logea comme si elle n'allait plus jamais le quitter. À ce moment-là, il fut pris d'une grosse bouffée de chaleur.

Il prit une chaise et se posta à califourchon en face d'elle ! Il devait être ridicule d'autant plus qu'il ne s'était même pas habillé ! Il portait une robe de chambre douteuse et avait remis son caleçon à pois de la veille. Dans sa position lascive, les jambes écartées, la peur qu'une couille ne vienne mettre la panique dans leur entrevue lui parcourut l'échine !

— On m'a dit que vous étiez dans la police !

— Oui, c'est vrai ! Je vois que vous êtes bien renseignée !

Il la regardait et ne comprenait pas pourquoi elle lui posait une question pareille, sitôt assise ! Honnêtement, à voir sa dégaine, il doutait fort qu'elle ait pu avoir un faible pour un « flic ».

Angèle devait avoir au jugé, entre quarante-cinq et cinquante ans, elle était bien habillée, bien gaulée, plutôt baba cool, Levis usé, Converses, etc. ! Le physique qui pouvait être emblématique des jeunes blacks américaines des années 70 !

Richard avait l'impression d'avoir Pam Grier devant lui aux heures de gloire des années « blaxploitation » ! Où mieux encore, peut-être à cause de son prénom, il fit le rapprochement avec Angéla Davis.

Au premier abord, il constata qu'elle n'avait pas de caractères ethniques prononcés. À l'inverse de lui qui avait la bouche pincée comme un porte-monnaie de veuve, elle, en revanche, avait de jolies lèvres pulpeuses surmontées d'un petit nez largement plus épatant qu'épaté.

Ce relief harmonieux s'ouvrait comme le rideau d'un théâtre sur un visage rond, fin comme le sable et auréolé d'une tignasse aux allures de mappemonde !

— Je voulais savoir si vous pouviez faire une recherche pour moi ! lui susurra-t-elle.

— Ah ! c'est pour ça, le gâteau ? Je me doutais bien que ce n'était pas si désintéressé !

— Non, vraiment ça ne change rien et si vous ne pouvez pas, ce n'est pas grave. De toute manière, croyez-moi, vous êtes la seule personne de l'immeuble que je suis susceptible de côtoyer ! Question de feeling !

Je ne me trompe jamais ! Même si vous avez l'apparence d'un ours mal léché, vous avez quelque chose d'humain, vous ! Pas comme celle du premier par exemple !

Richard ne savait pas trop quoi penser d'elle. Elle avait l'air sincère, quant à la femme du premier il ne l'avait jamais vue !

Avec l'aplomb d'un policier qui va faire subir un interrogatoire musclé, il lui tournait autour, sa robe de chambre virevoltait, droit comme la justice, il avait en revanche les jambes raides et les pieds souples du flamand rose dans la vase.

La déformation professionnelle lui insufflait des attitudes bizarres. Il se rendait compte qu'il la toisait comme si elle n'était qu'une vulgaire voleuse !

Soudain en croisant son regard, il fut submergé par une vague océane douceâtre, aux embruns de miel, qui déferlait à gros bouillon dans sa tête, alimentant d'une écume jouissive ses fameux neurones sous-exploités !

Les bras posés sur ses genoux rentrés, le regard triste et chaud, il la scrutait en détail cette femme il l'imaginait comme l'héroïne de la chanson des Rolling Stones « Sweet Black Angel », en hommage justement à Angéla Davis !

— Peut-être que l'on pourrait sortir, je préfère vous raconter en marchant ! Lui dit-elle

— Sortir ! Je ne sais pas si ça va être possible.

— Pourquoi ?

— Parce que je ne sors jamais la journée !

– Même pas avec moi ? Allez un petit effort ! Vous savez, un peu d'exercice n'a jamais fait de mal à personne ?

Dit-elle avec un petit haussement d'épaules et un petit froncement de sourcils coquin.

– On pourrait aller, je ne sais pas moi… où vous voulez, par exemple !

Il sentait que petit à petit il se laissait embarquer par cette femme qu'il connaissait à peine ! C'était incroyable, même le gardien de sa citadelle intérieure avait l'air d'être d'accord !

– OK !

Lui dit-il avec un lâcher-prise flagrant.

– Merci, Monsieur Richard, c'est génial !

– Vous ne savez pas ce que vous dites. D'ailleurs, je ne suis pas sûr de pouvoir vous aider, et puis plus de Monsieur Richard, appelez-moi Richard tout simplement !

– Bien, Richard !

Dit-elle, avec un petit sourire et en traînant un peu sur le « r ».

– Demain matin, si vous voulez !

Répondit-il avec un peu de résignation dans la voix.

– Merci, si je viens vous chercher à huit heures, ça va ?

– C'est un peu tôt, mais ça va aller !

Lui dit-il sans passion.

Angèle, se leva d'un trait, se dirigea vers la porte et lui fit un signe de la main dans la mesure d'un ciao, suave !

Quand elle quitta les lieux, il se surprit un moment en train de penser à elle !

À cette simple idée, un programme cérébral encore en activité retourna une erreur. Convulsionné, il secoua la tête comme pour se débarrasser de cette pensée interdite !

Il ne pouvait pas s'avouer qu'il la trouvait sympathique, et pour chasser cette idée, il arpentait sans relâche tous les coins de la chambre au salon d'une manière aléatoire.

Derrière le cercle épais de ses verres, ses yeux ne demandaient plus rien et ne comprenaient même pas ce qu'ils voyaient ! Des yeux qui n'étaient finalement que la justification de ses lunettes fétiches. À force de bouger dans tous les sens, il se dirigea vers la fenêtre de la chambre en mode radar. L'inquiet entrouvrit à peine les persiennes, comme si le spectacle de la rue lui faisait peur.

Il n'y avait rien d'exceptionnel à regarder la rue de la république le matin du quatrième étage, mais pour lui, la respiration du dehors était insupportable.

Il préférait largement les images en différé qu'offrait la télévision, à cet écran sans fond qui diffusait du vivant ! En fait il était terrorisé rien qu'à l'idée d'être le témoin d'une situation dramatique !

Du haut de son immeuble haussmannien, il suivait de manière biaisée, du coin de l'œil, une déferlante d'hommes tout petits. Des touristes japonais descendaient sur le port pour visiter les îles. Avec son esprit perturbé, Richard avait l'impression d'être un géant devant des fourmis affolées, droguées par la chaleur oppressante de ce milieu de matinée. La tiédeur malsaine du mois d'août, nauséabonde, n'arrangeait pas son côté glauque.

Il trouvait cela presque désopilant de voir cette horde de lilliputiens ! S'il n'avait pas banni le rire, il aurait retroussé une lèvre.

Que des êtres humains soient obligés de compenser ainsi leurs frustrations par des voyages, était une chose qu'il ne comprenait pas ! Lui, sa devise était « On est bien que dans son trou ! ».

Il était devenu comme ça, au rythme des saisons, un modèle d'austérité. Celui-ci n'était pas guidé par des convictions écologiques, religieuses ou autres. Non, c'était bien une façon de vivre, presque une obligation, un dogme, certainement né du rejet de l'autre, des autres.

Dimanche matin était bientôt là, et il ne fallait surtout pas qu'il picole, le whisky resterait dans le placard ! se dit-il, plus motivé que jamais

Il était important qu'il soit frais pour son rendez-vous de demain. En revanche, ce qu'elle pouvait bien lui vouloir le tarabustait !

Maintenant, il avait peur de ne pas être à la hauteur comme d'habitude.

Il faut dire qu'avec toutes les affaires pourries qu'il avait collectionnées au cours de sa carrière de looser, l'impression dans sa tête que cette pauvre femme n'avait pas misée sur le bon cheval se confirmait !

Richard passait ses week-ends toujours de la même manière. Il traînait sa carcasse dans la rue seulement aux heures pâles de la journée, le matin tôt ou le soir tard. Le moment où la frêle lumière était la seule à pouvoir le caresser.

Aujourd'hui, tout était différent, certainement à cause d'elle. Il subodorait qu'il allait faire n'importe quoi pour cette « black » ! Inconsciemment, il retrouvait cette façon de parler qui lui évoquait le commissariat. Avec le recul, il prenait conscience de l'absurdité de certaines choses.

Dans la police, on disait « black ». Noir avait presque une connotation raciste ! Le politiquement correct était de rigueur pour ne pas heurter la bienséante opinion. Évidemment, l'anglais était préféré, certainement par imprégnation des séries policières.

Richard cherchait la rédemption de toutes les turpitudes de son passé et sa voisine tombait à pic.

Placée dans son environnement de policier, elle aurait pu représenter la banlieue, les ghettos, la drogue. Il n'était plus au commissariat, plus en état de guerre permanente. Il se sentait libre de penser autrement.

Avec Angèle, c'était devenu comme ça, tout coulait de source !

Il avait l'impression d'échapper à toutes les règles, de toucher enfin du doigt la substantifique moelle.

VII

Son fameux dimanche tant redouté était arrivé. Richard avait réglé son réveil à sept heures, s'était douché vite fait, et l'attendait pour leur promenade un tant soit peu énigmatique. Il était en train de tremper quelques tartines de beurre dans son café quand la sonnerie retentit. Elle était déjà là ! Huit heures moins le quart ! En avance d'un quart d'heure !

Il s'essuya la bouche d'un revers de manche et jeta un œil dans la glace poussiéreuse du salon pour contrôler son apparence. Quand elle entra, il lui proposa un café, il en but un autre avec elle. Angèle lui demanda un service.

— Richard, je fais un vide-grenier ce week-end et j'ai une malle pleine d'avaries qui pèse un âne mort ! Tu pourrais m'aider à la monter de la cave et l'emmener à la voiture ?

— Si j'en suis capable, oui bien sûr !

Déjà sur le pas de la porte il se sentit envahi, violé par la rue. La Honda rouge d'Angèle était garée juste devant l'immeuble, ils y déposèrent avec peine la malle.

De bon matin, cette noire l'avait arraché à sa vie misérable de cloporte et le transportait maintenant comme sur un tapis volant. Le couple improbable descendit la rue de la République, en lâchant quelques banalités de-ci de-là, rien de grave, des flatulences de l'esprit.

Sur le Vieux-Port, le soleil levant avait l'air de flotter dans un ciel désespérément bleu, un ciel qui donnait presque envie de croire au paradis.

Richard se disait que lui aussi avait son soleil, un soleil hypnotique, Angèle.

Il subissait son attraction, celle d'une étoile noire, une mangeuse d'astres. Une supernova pour laquelle, la lutte céleste était vaine !

Il savait qu'il allait se faire bouffer, mais il s'en foutait.

Richard, cœur de pierre, était devenu Richard le fataliste, il avait capitulé le jour même où il l'avait vu pour la première fois !

Une électrocution ! Un coup de foudre.

Une sorte de bien-être le dévorait, et il était entré dans un état de grâce total.

Inconscient, il la suivait comme un somnambule sur un fil !

Le soleil était sensible lui aussi au charme d'Angèle et lui adressait sur sa peau mordorée, ses premiers rayons comme les mots brûlants d'une lettre d'amour.

Elle, c'était une fille du soleil ! Richard n'était le fils de personne bien que dans le temps il fut plutôt un fils de la lune et des bars de nuit. N'aillant vécu que dans le sombre et à l'économie, le fait de marcher, et de plus en plein jour, l'exaspérait de plus en plus !

Une soif de poser son cul quelque part, d'échouer sa carcasse anguleuse pour s'envoyer quelque chose de frais à travers le gosier le titillait. Avec le rythme régulier du pas de sa voisine taillée dans l'ébène, Richard mesurait sa détermination, son obsession peut-être !

Elle était ouverte à toutes les conversations, mais les paroles qu'ils échangeaient ne lui faisait pas perdre la cadence. Il lui dit en s'arrêtant les bras ballants dans une grosse expiration :

— Angèle ! On devrait aller à la Samaritaine, je pense que sur la terrasse, on sera bien pour parler.

— Je pensais aux Danaïdes ! Ce n'est pas mieux ?
Lui répondit-elle, enjouée.

— C'est plus loin, et je crois qu'ils font des travaux autour de la fontaine en ce moment. Je ne voudrais pas être rabat-joie, mais je crains que l'on ne puisse y aller.

Richard avait inventé un bobard bien pourri pour ne pas avoir à se taper la Canebière et aussi passer devant le commissariat !

Elle lui fit un signe approbateur de la tête !

— Ça roule pour la Samaritaine !

Dit-elle en haussant les épaules, d'un air de dire que le choix du bar n'était pas le plus important.

Dans la tête de Richard, les dix derniers pas signifiaient la fin d'un compte à rebours infernal instauré par sa glotte déshydratée.

Ils se posèrent enfin comme un engin spatial sur une planète inconnue.

Angèle commença à lui parler, comme si le fauteuil avait déclenché un bouton de mise à feu sous ses fesses !

— Voilà Richard, j'ai besoin de vous pour retrouver ma sœur !

— C'est pour ça que tu me fais sortir de chez moi ? Excuse-moi, mais je crois qu'on devait se tutoyer, non ?

Lui dit-il.

— Bien sûr ! Je t'en prie. J'ai peur qu'il lui soit arrivé quelque chose. Je n'ai aucun signe de vie d'elle, depuis plus d'une semaine, pas de coup de fil, rien. Missa est ma sœur cadette, elle est très naïve et se laisse influencer facilement ! Elle n'est attirée que par des mecs louches, des bras cassés. C'est une fascination pour elle, un peu comme le papillon vers la lumière. Missa n'est plus une enfant, mais elle a une cervelle de moineau.

— Sans vouloir t'offenser, je comprends bien qu'elle ne doit plus être une enfant !

— Évidemment, c'est malin ! La dernière fois que je l'ai eu au téléphone, elle m'a parlé avec un détachement inhabituel.

— Ah ouais ! Intéressant !

lui dit-il sur un ton moqueur en se grattant le menton

— Oui, c'est sérieux et à cet instant j'ai eu l'impression qu'elle me faisait ses adieux !

— Angèle, tu es la reine de la rime !

Richard se sentait tellement différent aujourd'hui qu'il se laissait aller à faire de l'esprit à un moment pas vraiment opportun. Angèle continuait :

— J'étais tellement prise de cours au téléphone que j'ai senti qu'il ne fallait pas l'interrompre !

— Et alors ?

— Alors c'est tout ma foi, tu as qu'à me poser des questions, tu dois avoir l'habitude des interrogatoires, non ?

— OK. Tu es née ici !

— Non je suis née à Haïti, ma sœur aussi.

— Je croyais que tu étais africaine. Ta famille est ici ?

— Non, ma mère est encore à Port-au-Prince. Depuis la mort de mon père, elle mène la vie qu'elle a toujours rêvée. Quelquefois je pense que je devrais y retourner, mais le fait de voir ma salope de mère, là-bas dans la maison de mon père, suffit à m'en dissuader.

— Et ta sœur ?

— Cette garce a toujours été la préférée de ma mère et quand mon père nous a quittées dans des circonstances plus que douteuses, le fossé s'est encore creusé entre nous, pourtant c'est grâce à moi qu'elle est ici et bien vivante, elle n'a pas la moindre reconnaissance. Maintenant, elle me donne des nouvelles quand il lui tombe un œil, au compte-gouttes, et j'en souffre, c'est tout ! Ma mère cède à tous ses caprices, pour la faire revenir avec elle, j'en suis sûre ! Je te raconterai plus tard si tu veux bien !

— C'est bizarre, j'ai eu un flash, comme l'impression de t'avoir déjà vu !

— Ah ça, c'est fortement improbable. Des « Richard » à part toi je n'en connais pas.

— Tu as certainement raison, j'ai tellement de souvenirs flous dans la tête, excuse-moi. Tu te sens comment, plutôt haïtienne ou française ?

— Richard, je suis en France depuis longtemps, j'en ai appris sa culture, ses mœurs, et je pense être totalement française. J'ai mis de côté certaines choses et bien d'autres de mon passé qui sont incompatibles à mon nouveau pays. Je ne renie rien, mais je laisse de côté, tu comprends ?

— J'essaye. Mais dis-moi, si vraiment ta sœur est une garce comme tu à l'air de dire, tu n'as qu'à la laisser de côté. Tu as bien mis ton ancienne vie dans une boîte, tu n'as qu'à y mettre ta sœur aussi, s'il reste de la place ! Fais-en abstraction et ne cherche plus à la revoir, surtout qu'a priori c'est elle qui ne veut plus te voir !

— Tu n'as pas tort !

— Qu'est qu'il y a de si effrayant dans cette boîte de Pandore !

— Si tu savais ! dit-elle avec du feu dans le regard.

— Tu es née à Port-au-Prince ?

— Oui, et j'ai même l'impression d'avoir, tellement que l'on me la rabâché, le souvenir même de ma naissance.

Mon père m'a fait participer au rituel si particulier pratiqué sur les parturientes, comme ma mère. Ce rite est dédié à la déesse des eaux qui assure autant la fécondité, que la mise au monde. Cette déesse dont la principale demeure est l'Océan est invoquée par le maître de cérémonie, en l'occurrence mon vénéré père.

Devant les disciples bariolés, masqués, la nuit était devenue brûlante, paraît-il. Mon père pénétra ma mère dans une furieuse transe, comme la bête qu'il était devenu. Sous la lumière des torches et des cris, ils se donnaient l'un à l'autre, au beau milieu d'une clairière. Après s'être libéré de son étreinte, il demanda à ma mère de répéter : « Mamui Ata » ce qui veut dire : « serre les jambes » afin de garder pendant un moment ce que la déesse avait donné. Cette déesse flottait dans l'air, elle était belle, jeune, et entourée de serpents.

— C'est hallucinant qu'il ait pu te raconter ça ?

— Il me disait tout. Chez nous la pudeur n'existe pas, ce sont les dieux qui décident.

Je n'étais pas traumatisé, car j'avais déjà assisté à ce genre de cérémonie.

— Et ton père est mort dans quelles circonstances ?

— Il a été retrouvé un matin dans un champ de maïs avec un souffle de vie, mais pas assez vaillant pour rester dans ce monde. Il a été décrété mort après quelques heures de délire. Chez nous dans notre croyance où l'ignorance côtoie le dogme, on ne pense pas « mort clinique » ou « mort cérébrale » dans notre petit monde sectaire, en fait quand le corps ne bouge plus c'est qu'il est mort. D'après ce que je sais de ma sœur, ma mère l'a envoûté par la suite, elle voulait qu'il soit à sa merci. Elle n'a jamais supporté le fait qu'il m'ait consacré tout son temps et son pouvoir. J'étais à Marseille quand il est mort et je m'en veux, je pense que ma sœur aussi. Si j'avais été sur place, je l'aurai empêché.

— Ta mère est toute seule là-bas ?

— Ma mère n'a jamais été seule, elle vit avec ses démons, elle n'a aucun état d'âme, aucune empathie pour les autres. Sa seule aspiration était de devenir la prêtresse suprême, la Mambo, un rang qui lui revenait de droit, à la mort de mon père. Elle devenait la dépositaire de son esprit, celui-ci lui conférant aussi son pouvoir !

— Tu commences à m'effrayer, de quel pouvoir tu parles ?

— Celui de se muer en « Bokor » un esprit très puissant capable de pratiquer la zombification.

— Je te suis avec peine !

— Je ne vais pas te souler avec toutes les bizarreries d'un pays, où l'on passe la moitié du temps au cimetière. Pratiquement tous les soirs, ils se retrouvaient, mon père devant, pour rejoindre l'incarnation des esprits comme *Baron Samedi*, l'esprit de la mort.

Les images du culte le symbolisent par une grosse croix noire plantée au cœur du cimetière. Les gens désespérés y viennent pour déposer leurs nombreuses demandes. Voilà, tout est dit.

— Et ton père dans tout ça ?

— Papa Rufin comme on a coutume de l'appeler a dû être enterré la journée comme un catholique et exhumé le soir même par ma charmante mère, qui lui a administré un contrepoison pour le ramener à la vie.

— Je crois rêver. C'est un film d'horreur que tu me racontes ?

— Non, malheureusement c'est la réalité. Une réalité qui t'échappe, je vois, et c'est normal, c'est un autre monde. Je pense que maman, avant de l'enterrer a dû le droguer avec de l'iboga en poudre ou de l'extrait de poisson-globe. Qu'importe, en tous les cas, un genre de poison qui plonge le sujet dans une profonde léthargie en lisière de la mort. Le but du poison étant de ralentir les fonctions vitales au maximum, donnant tous les symptômes de la mort clinique. L'individu reste plongé dans un état de catalepsie à cause de la faible oxygénation de son cerveau. Ma mère installée dans son rôle de prêtresse a pu ainsi faire de mon père adoré, un zombie. Elle a été ainsi en mesure d'absorber son pouvoir tout en le gardant près d'elle, comme un esclave.

— Mais comment tu peux savoir tout ça ? Tu n'y étais pas !

— Ma sœur m'a vaguement raconté cette histoire, elle était en Haïti pendant cette période. Elle était terrorisée quand elle est venue à Marseille. C'est moi qui l'ai expatrié vers la France, un peu plus tard, pour d'autres raisons et je crois que je le regrette maintenant !

— En quelque sorte, ta mère est une sorte de gourou ? C'est dingue, j'espère pour toi que tu ne pratiques plus cette sorcellerie ?

— Le Vaudou est une religion comme une autre là-bas, elle cohabite avec les religions plus conventionnelles, tant bien que mal, dans une sorte de syncrétisme diabolique. Dans notre pays, on peut être catholiques, protestants, on est tous vodouisants. Les autres religions ont été importées par la colonisation et le vaudou c'est l'Afrique, la source. C'est le lien qui nous relie, nous tous, les Haïtiens. Le vaudou est notre identité, notre culture commune, conclut Angèle.

— C'est un peu comme chez nous ceux qui pratiquent la magie noire, ils peuvent être athées, cathos, etc. ?

— Si tu veux ! Dans le culte vaudou les apôtres s'appellent les « Loas ». Ils ont chacun leur rôle. « *Papa Legba* » est l'un des principaux. Il est le maître de l'espace et garde l'entrée des temples et la croisée des chemins. C'est le premier à être invoqué lors des cérémonies, car c'est celui qui ouvre les portes de la communication avec l'au-delà. Versatile, parfois colérique, il peut être tout à tour protecteur ou maléfique. On le représente parfois sous les traits de Saint-Pierre, qui garde les clés du Paradis. Il apparaît sous les traits d'un vieillard boiteux en haillons.

— Bon, Angèle si on revenait à ta sœur ?

— Attends je termine ! La cérémonie s'achève par un banquet accompagné de chants et de danses et le désir d'élévation spirituelle du fidèle est borné par deux rites, l'initiatique et le funéraire.

— Après on arrête Angèle, ça commence à me souler !

— Certains s'occupent de la mort et détiennent à la fois les lois de la putréfaction et celles du renouveau. Il y a les fossoyeurs, mais aussi les purificateurs et je suis certaine que ma mère en fait partie.

— Putain j'ai passé ma vie à me faire chier, tout seul, comme un con, avec mes histoires bien pourries, et toi, alors que je commençais à renaître, tu enfonces le clou avec toutes ces balivernes.

— Je suis vraiment désolée, je ne pensais pas que ça t'affecte autant !

— Angèle regarde autour de toi, on n'est pas bien au soleil ! Ça fait tellement longtemps que ça ne m'était plus arrivé. Au moment où je suis presque heureux, tu me replonges dans le noir avec ton histoire !

— Eh bien ! Je vois que tu écoutes ce que je te raconte, c'est sympa de ta part !

— Ne te vexe pas, je t'ai écouté, je te promets !

— Si tu manques tant de soleil, je t'en prie, bronze Richard, tu en as bien besoin ! Quand tu seras noir comme moi, tu m'appelleras !

Resté quoi, bouche ouverte sans un mot, il contemplait la cambrure de sa voisine en train de s'éloigner et une certaine chaleur s'installa aussi bien dans sa chair que sur le vieux port. Il ne fit aucun détour pour rentrer chez lui, et il eut dans l'ascenseur un pincement au cœur quand il passa devant le troisième étage en se disant qu'il avait complètement raté son premier rendez-vous.

Il avait pris à la légère cette femme qui lui avait demandé de l'aide et qui lui avait raconté sa vie somme toute assez compliquée.

Un bref instant il entrevit que l'amour avec elle devait être une forme de béatitude satanique, le degré suprême de la félicité morbide. Il se demandait quand même, comment sa sœur avait pu se souvenir avec autant de détails ce qui était arrivé à son père. Était-il possible qu'elle dise la vérité à propos de sa mère qui avait zombifié son père. Malgré sa perplexité légitime et atavique du policier, il était passionné quand il était avec elle et il ressentait le besoin de la voir comme une drogue.

Elle dégageait des vapeurs de mystère, une puissance occulte, divinatoire peut-être ! Richard ne comprenait pas pourquoi elle avait tant besoin de lui pour retrouver sa sœur qu'elle traitait de garce. Cette noire est un paradoxe. Se dit-il.

Quand il arriva devant sa porte, il cogitait comme jamais. Il fallait absolument qu'il élabore quelque chose pour se faire pardonner de sa goujaterie.

Il sortit les clés tout en réfléchissant, mais rien ne vint. Il entra et alla se coucher.

Quand ça n'allait pas, Richard avait une fâcheuse tendance à ne pas faire face, il se renfrognait et attendait que ça passe. C'était comme ça depuis la mort d'Hélène, il se désintégrait, comme un radioélément lent.

Aujourd'hui c'était différent, il avait envie, tout simplement envie. Il ne savait pas encore totalement qu'Angèle en été responsable. Elle était en train d'anéantir toutes ses angoisses passées et démolissait sa carapace à grands coups de masse. Les remparts de la citadelle fortifiée du policier, construite du ciment de son désespoir, vacillaient. L'austérité guidée par son instinct de survie partait en morceaux.

Le lendemain et les jours qui suivirent, il tournait et retournait dans l'appartement, excédé. Il ne pensait qu'à elle. Il entra dans la salle de bains et dans la glace embuée, il vit dans le fond de ses yeux comme dans une boule de cristal !

Collée sur la rétine, apparaissait sa femme, sa belle Hélène ! Sa grande chevelure rousse ondulante, domestiquée, ressemblait à celles des stars qui gigotent au ralenti dans les pubs pour shampooings !

En arrière-plan, il voyait une forme sombre qui se rapprochait, laissant finalement apparaître les traits de l'Haïtienne du troisième. Dans le coin de l'œil, elle rejoignait le visage d'ange d'Hélène. Le contraste était effrayant, ce n'était plus la femme pulpeuse aux allures d'Angela Davis qu'il voyait, mais un être venu de l'enfer.

Ses yeux écarquillés rougeoyants avaient l'air d'implorer quelque chose. Elle était dans une sorte de transe, le visage englué et terreux. Il se détourna de ce miroir maudit et alla se coucher en espérant que cette vision disparaisse avec le sommeil.

VIII

Le lendemain après une nuit tranquille, Richard décida de rendre visite à sa miss Vaudou préférée, au moins pour s'excuser de son attitude et aussi pour lui tirer les vers du nez, pour essayer de comprendre son histoire qui se mêlait étrangement à la sienne, dans le miroir et ailleurs.

Trois coups brefs à la porte. Il était dix heures et le policier requinqué se demanda si ce n'était pas trop tôt !

Trop tard, le temps de se poser la question, elle lui avait ouvert. Aujourd'hui c'était Richard qui découvrait son intérieur.

Tout respirait son pays originel. Des murs tapissés de masques effrayants et des statues de bois trônaient sur les meubles comme les vestiges d'un passé lointain.

Elle lui fit signe de s'asseoir d'un grand geste, elle finissait de faire la vaisselle. Assis dans un fauteuil en bois sculpté à l'assise confortable, il l'attendait, bien installé, mais bien mal à l'aise. Après quelques minutes, elle revint et s'assit en face de lui. Richard tentait lourdement de justifier le comportement déplorable qu'il avait eu au bar de la Samaritaine.

Pendant qu'il parlait, elle le fixait de ces gros yeux, l'air grave. Étrangement son allure n'était plus la même. Elle bougea lascivement et avança vers lui, à pas de velours, comme une panthère. Elle le sentait, le reniflait, en lui tournant autour, comme si elle enroulait un fil sur une pelote, lentement. Avec l'impression que ce fil était bien réel, Richard commençait à suffoquer. Il se mit à délirer sur la blague où un petit français attaché à un poteau de torture Sioux, entendait le chef indien lui dire : Hé toi, t'es pas de Pézenas ?

Il revint vite à la réalité, son cerveau lui jouait des tours et il en sourit vaguement.

Que lui voulait-elle ?

Au plus elle tournait autour de lui, au plus ses forces diminuaient. Il se paralysait comme sous l'effet d'une drogue. Ses yeux pourtant, conservaient encore quelque mobilité, et telle une caméra de surveillance, ceux-ci pivotaient et dévisageaient la noire touffue à chaque tour. Le pauvre Richard se tenait le buste droit, ligoté par le fil imaginaire. La femme qui était là, devant lui, avait changé, ce n'était plus le sosie d'Angéla Davis que Richard voyait, mais un rapprochement macabre de la vision qu'il avait eue d'elle dans le miroir. Elle revint s'asseoir en face de lui en s'assurant de son état second, en penchant la tête de gauche à droite, les yeux du policier la suivaient, toujours avec un temps de retard. Richard était complètement défoncé.

À un moment, elle se raidit et ses yeux s'arrêtèrent totalement de bouger. Angèle remuait son bras gauche d'une manière frénétique et entra une main dans sa poche. Obnubilé par le bras et la main d'Angèle, Richard avait occulté tout le reste !

Elle en sortit une pomme bien rouge, bien brillante, une « red-chief », et lui présenta le fruit la main tendue, au creux de sa paume décolorée. Cette pomme, c'est comme s'il l'avait prise en pleine poire !

Le fruit qui avait coincé la pédale de frein, le responsable de la mort de sa femme, celui-là même qu'il avait banni depuis l'accident, Angèle le lui présentait entre ses deux mains, comme dans un calice. Quand elle lui demanda l'histoire de cette pomme, avec une petite voix aigrelette d'outre-tombe, son sang se glaça !

L'esprit de Richard s'éloignait inexorablement du propre drame de sa vie pour prendre une voie inattendue, loin de tout ce qu'il connaissait. Il était noyé de visions les plus bizarres les unes que les autres, inattendues, des images venues d'ailleurs.

Dans son regard éteint défilaient des gens vêtus de blanc comme des fantômes, se frayant un passage entre des tombes. Ils convergeaient tous vers un endroit précis au milieu du cimetière où était plantée une croix noire. D'autres images lui arrivaient par paquets, des corbeaux dépiautaient une charogne sur un sable ocre souillé de sang où foisonnaient des vers et des mouches verdâtres. Derrière la carcasse en lambeau, il vit une femme qui marchait. Elle avait l'air de voler dans un halo de poussière, chaud comme un mirage.

Elle portait un collier de pierres brillantes et il discernait même au milieu de celui-ci, une plus grosse pierre sur laquelle était gravé un signe bizarre. Richard était devenu esprit, son corps n'existait plus, le temps non plus. Il ne ressentait rien, et parlait d'une voix désincarnée, monocorde, de choses qu'il ne connaissait ni d'Adam ni d'Ève !

La transe s'arrêta brutalement, et sa rêverie baroque se coupa de lui comme pour faire sa vie. Richard avait enfanté quelque chose de diabolique. Angèle avait coupé le cordon et avait kidnappé en quelque sorte son histoire.

Un long moment s'était écoulé et il revenait lentement à lui, dans cette pièce chargée de symboles.

Quand il revint à la réalité, Angèle était là, en train de croquer la pomme goulûment !

Le succube avait pris possession de la voisine à son insu. Celle-ci divaguait, et la pomme eut pour effet de la ramener violemment en Haïti en janvier 1982.

Des images diaphanes passaient devant ses yeux de moribonde. Elle voyait l'armature géante du « marché en fer » de Port-au-Prince et son dédale d'allées, comme un labyrinthe multicolore qui occupait l'espace. Les commerçants qui s'y trouvaient paradoxalement n'aimaient pas ce lieu. Jamais personne n'avait apprécié qu'un étranger, un Parisien de surcroît, ait pu construire un édifice aussi laid, d'autant plus que cet architecte était arrivé ici par défaut. En fait, ce gros amoncellement de ferraille était initialement destiné à une gare égyptienne dont le projet capota.

Ce marché couvert se présentait sous la forme de deux halles reliées entre elles par un porche métallique, au sommet duquel se trouvait une horloge. La partie centrale de ce porche était encadrée de quatre tours surmontées de dômes. La structure de l'ensemble était d'une curiosité artistique improbable, rouge et verte.

Sous une toile tendue avec des bouts de chanvre, exactement dans la partie centrale sous l'horloge, les deux sœurs commençaient à remballer tous leurs articles, car c'était la fin de la journée. Elles étaient là depuis tôt le matin et n'avaient pas vendu grand-chose. Les touristes n'étaient pas au rendez-vous.

Francine était en train de ranger les objets invendus dans les cartons quand son père passant derrière elle.

Il lui dit d'une voix énervée :

— Ma fille je te l'ai dit cinquante fois, emballe les tasses décorées dans du papier avant de les ranger, pour éviter qu'elles ne se cassent !

Francine le comprenait, elle avait toujours été maladroite et même si elle n'était plus une gamine, son père la traitait comme telle. Francine était l'aînée des deux sœurs et avait une particularité saisissante que l'on voyait au premier abord, c'était sa coiffure crépue et ronde. Elle n'avait d'intérêt que pour les choses que lui apprenait son père, par ses incantations et ses prières vaudou. Le côté matériel des choses ne l'intéressait pas, mais elle s'efforçait tant bien que mal, à faire plaisir à son père, son maître spirituel. Celui-ci était le plus important des sectateurs de l'île, son « Papa Rufin », comme elle l'appelait. Son père, c'était du brut, un diamant à l'état pur. C'était son talisman, son fétiche qui sous des allures austères, lui avait tout appris. Celui-ci se rendant compte que son cœur s'affaiblissait avait confié la boutique à Francine. Sa sœur cadette Missa, s'était sentie lésée sur le moment, mais ne lui en avait jamais voulu, comprenant qu'elle était trop jeune pour s'occuper de la boutique. Elle mettait la main à la patte quand il s'agissait de confectionner avec ses petites mains alertes et son indéniable talent artistique, des bibelots de toute sorte qu'elle proposait à la vente.

Tout ce tas d'objets hétéroclites était souvent lié à l'esprit vaudou.

On y trouvait indifféremment, des bouteilles pailletées et emplumées, des offrandes aux divinités, et des « paquets Congo » sortes de talismans remplis de mystère. En revanche il n'y avait aucune poupée à piquer d'aiguilles. Le marché était une vitrine touristique où le vaudou avait une place prépondérante.

Celui que Missa proposait en était une version édulcorée, destinée aux étrangers friands d'exotisme, un vaudou apaisé qui cherchait plutôt à se faire vendre qu'à faire peur.

C'était le bon côté de la médaille. Malheureusement il était impossible de séparer le côté pile du côté face d'une même pièce, le clair de l'obscur ! C'était comme pratiquer la dichotomie de l'islam et de l'islamisme.

L'exotisme de certains mots convoque notre esprit, et est chargé d'une grande puissance évocatrice. « Vaudou » est l'un d'eux. Papa Rufin en connaissait un bout ! Malgré ses problèmes de santé, drapé dans une toge blanche, il allait de son pas empesé, tous les soirs rejoindre ses disciples dans une sorte de bidonville à la sortie de la ville. Ses pieds noirs et racés faisaient soulever une poussière d'ange le long du chemin. Son vaudou à lui était celui du soir, celui qui lorgnait plutôt vers le côté sombre.

Rufin, était pétrit de rites secrets hérités de ses ancêtres, des saturnales, des croyances africaines célébrées par les noirs, qui la nuit venue s'éclairaient par des flambeaux et se transformaient en bêtes, ivres de sang, de stupre et de Dieux.

Il connaissait bien l'histoire de ses aïeux qui étaient jadis partis d'Afrique pour rejoindre cette île. La croyance Vaudou datait de l'époque coloniale où elle avait été certainement le fruit de la peur et de la haine des esclaves pour leur maître. Une sorte d'atavisme s'est perpétué et au cours du temps, la terreur des esclaves avait survécu dans l'esprit des Haïtiens. Francine assistait souvent son père qui lui reconnaissait certains pouvoirs, des pouvoirs que même lui n'avait pas. Il pensait que l'élève était en train de dépasser le maître. Francine était capable de dresser n'importe quel animal par une domination sensorielle, sans un mot, que dans le regard. Elle pouvait demander n'importe quoi à un animal, il le faisait, inhibé par le magnétisme qu'elle dégageait. Son pouvoir était sans limites, et parfois elle ordonnait inconsciemment des actions, sans le vouloir vraiment. La fascination, la volonté qu'elle exerçait sur le monde animal, la rendait comme invincible.

Malheureusement, elle ne maîtrisait pas toujours cette force surnaturelle, cette emprise obscure qu'elle avait acquise de ses ancêtres.

Les deux frangines étaient côte à côte, assises comme deux siamoises basanées, sur le banc de bois, derrière l'étal. Elles mettaient en boîte les diverses créations de Missa.

La crainte que Francine fasse tomber un de ses objets se lisait dans les yeux de Missa. Toutes les deux s'amusaient de leurs différences, l'une mystique et l'autre artiste. En tous les cas, il n'existait aucune domination de l'une sur l'autre, elles vivaient dans une sorte d'harmonie des contraires.

Dans cette fin d'après-midi rougeoyante, les deux sœurs riaient, contentes d'avoir fini la journée. Elles admiraient au loin le pourpre du soleil se mélanger aux couleurs criardes du marché, façon « arc-en-ciel ».

Francine saisit un bocal de formol contenant un serpent enroulé et fut prise d'un petit malaise. Elle avait l'étrange impression que ce serpent était vivant et qu'il voulait lui dire quelque chose. Des yeux opaques du reptile, sortit une lumière verte incandescente qui capta son propre regard. À cet instant elle ne pouvait plus dire où elle était ni ce qu'elle faisait.

À moitié hypnotisée, elle ressentait certaines choses qui avec le reste du cerveau rationnel qui subsistait, lui paraissaient anormales. Elle était incapable de faire le moindre mouvement, le sol se dérobait sous elle.

Son regard avait quitté le reptile, mais le malaise était toujours là. Elle tourna les yeux comme au ralenti et dans les vapeurs de son rêve, elle vit un journal, posé sur la table de l'échoppe voisine, indiquant le jour, rien de bien particulier en soi, en revanche il était daté de 2010 !

Elle pivota la tête dans une sorte de travelling lent pour finalement fixer son regard à l'intérieur du marché et ce qu'elle voyait était surréaliste. Des gens couraient dans tous les sens sous les arcades, comme pris au piège de cette monstrueuse structure de fer. Le sol frémissait comme si la terre avait le hoquet. Des rides profondes creusèrent le sol, et le bâtiment commençait à atteindre un état vibratoire inquiétant. Francine priait pour que la structure tienne le coup, les mains jointes et les doigts entrecroisés. Un vacarme assourdissant précéda la ruine de l'édifice. Les gens étaient écrasés par les poutrelles qui tombaient du ciel. Des cris inhumains arrachés du lieu parvenaient aux oreilles de Francine, tétanisée.

Elle vit Missa penchée sur elle, quand une poutrelle du toit se détacha dans leur direction. La chute semblait durer une éternité. Francine avait l'air camisolé, ses muscles ne répondaient plus. Elle luttait pour pousser sa sœur à un endroit plus sûr, mais en vain. Arrivant au paroxysme de son malaise, elle fit une syncope. Son corps lâcha prise et s'effondra dans une grande quiétude. Ses muscles s'étaient détendus et elle glissa sur le sol avec la fluidité d'un serpent. Quand elle revint à elle, elle vit sa sœur en pleurs qui lui trempait abondamment les joues, puis un sourire apparu au-dessus d'elle comme un arc en ciel après la pluie, au moment où finalement Francine réagit aux claques salvatrices de sa petite sœur.

— Tu as fait un malaise, c'est fini maintenant ! Accroche-toi à moi, je vais te relever.

Francine commençait à s'agiter. Elle clignait des yeux lentement, persuadée de voir le désastre causé par le séisme. Missa la calma, la prit dans ses bras, maternellement, et lui dit qu'elle avait fait un mauvais rêve. Francine se rendit compte que la poutrelle au-dessus d'elle était à la même place et bien fixée.

Quelques clients finissaient leurs achats et entraient chez eux. L'échine parcourue d'un spasme, Francine fut prise d'une grosse chair de poule. Elle avait en tête la date qu'elle avait vue sur le journal, le mardi 12 janvier 2010. Cette date l'avait perturbé d'une façon irrémédiable. Pour elle, le compte à rebours avait commencé, inexorablement. Les années défilaient avec une langueur tout à fait haïtienne et la vie continuait tranquillement. Francine n'avait vraiment pas l'intention de rester là, à attendre la catastrophe.

Effectivement, personne ne la croyait, même pas son père !
Elle en était sûre, cette catastrophe arriverait. Elle pensait à
sa petite sœur Missa qui était de moins en moins petite et
de plus en plus belle, qui prenait un risque en restant sur
l'île.
Même si la jalousie de sa mère envers elle déteignait un peu
sur Missa, elle adorait sa sœur et il fallait absolument qu'elle
trouve le moyen de l'éloigner de Port-au-Prince avant la
date fatidique.

Après ce long aparté dans les méandres de son cerveau, elle
posa son regard sur Richard, éberlué devant elle.
Il lui demanda ce qui s'était passé depuis les quelques
minutes. Elle ne lui répondit pas, continuant de le fixer tout
en mangeant la pomme.
Étrangement, il réalisait que l'objet en question ne le
perturbait plus. Que cette pomme avait perdu son pouvoir
de nuisance, comme si ce fruit n'était plus la cause de la
mort d'Hélène.
Richard était anormalement serein.
Angèle arracha le dernier morceau du trognon comme si
elle lui enlevait le cœur, puis après une lente respiration la
sorcière commença à parler au policier fébrile.
— Je suis désolé, d'avoir fait quelque chose contre ton gré,
mais la vie de Missa est en jeu, tu comprends ?

— Vaguement !

— Je me suis servi de toi pour tenter quelque chose. Je pense que les informations que tu m'as fournies m'aideront à la retrouver.

— Je suis fatigué ! répondit Richard détendu.

Angèle regardait Richard le regard aiguisé et lui dit :

— Tu sais, à la Samaritaine quand tu m'as parlé de l'accident de ta femme, j'ai senti que la pomme était la clé de ton malaise. Alors, tout simplement je me suis servi de ça pour t'emmener où je voulais que tu ailles. Nos deux histoires se sont mêlées, et la pomme a été le moyen le plus sûr pour rentrer dans ta tête. Tu me racontais ce que tu voyais, et moi pendant ce temps, j'étais dans la voiture le soir du drame. J'ai vu effectivement la pomme tomber sur le plancher de la voiture, mais ce n'est pas elle qui a coincé la pédale, j'ai vu de l'huile couler sur la route. En fait, je crois que ta voiture a été sabotée !

— Sabotée ?

— Oui Richard, certainement. Les circuits hydrauliques ont dû être sectionnés. Et toi Richard à l'instant même où je voyais l'huile s'écouler des conduits, tu m'as donné des nouvelles intéressantes sur ma sœur.

— Parce que j'ai vu une femme, mais ça pouvait être n'importe qui !

— Non, là tu vois, tu m'as scotchée. Qu'on soit arrivé à se faire un Shining tous les deux, c'était impensable, et pourtant !

Il n'y a pas de doute, c'est bien ma sœur que tu as vue. Tu m'as décrit son collier avec précision, un collier de pierres, avec celle gravée au milieu un peu plus grosse, comme tu dis ! Ça ne s'invente pas !

— Il y avait un truc écrit dessus, mais je ne suis pas sûr de pouvoir me rappeler, une sorte d'inscription peut-être dans une autre langue.

— Non, en fait tu n'as pas voulu le reconnaître, un reste de mauvais en toi qui a fait obstacle à ton discernement. Ce collier était un cadeau de mon père, il l'avait offert à Missa peu avant sa mort.

— Bon ! Eh bien je crois que je me sens mieux maintenant ! Je suis désolé, mais je ne crois pas que je puisse faire quelque chose pour ta sœur. Appelle la police, moi je suis incapable d'aller plus loin, je rentre chez moi !

— J'ai été heureuse de te connaître, mais moi je ne suis pas comme toi, je ne lâche pas le morceau facilement !

Lui répondit, avec retenue, Angèle énervée

— Au fait, je ne t'ai pas dit ?

— Quoi ! Je trouve que tu m'en as assez dit, non ?

— Je ne crois pas ! À toi de juger ! En fait, tu vas bientôt rencontrer l'homme qui a saboté ta voiture ! Celui qui a tué ta femme.

Lui lâcha secrètement Angèle.

— Qu'est-ce que tu racontes !

— Figure-toi que dans mes visions, je l'ai vu ici à Marseille ! Je sais que c'est lui, mais je ne peux pas te dire, ni à quoi il ressemble, ni son nom évidemment.

— N'importe quoi, putain, tu me fais flipper Angèle !

— Tu verras Richard, tu verras ! Va te balader du côté du Vieux-Port, près de la place aux Huiles. Retourne sur ton le passé, assieds-toi à la terrasse du « Beau Rivage », tu m'as dit que tu avais passé du bon temps quand tu étais jeune.

Lui répondit Angèle les yeux écarquillés et la voix grave.

— Bon ! Allez, zou ! Je me casse, l'expérience que tu m'as fait vivre m'a un peu perturbé !

Une fois Richard parti, Angèle alluma la radio et resta immobile un long moment devant la fenêtre. D'un geste familier, elle enfonça les doigts dans sa tignasse frisée.

IX

Richard montrait une activité inhabituelle pendant les jours qui suivirent. Il était jovial, et lui arrivait même de sortir le matin pour prendre son pain. Tous les commerçants étaient unanimes, ils ne le reconnaissaient plus tellement il pétait la forme.

Il n'avait plus revu Angèle depuis leur dernière rencontre, celle pendant laquelle il avait eu la révélation improbable du sabotage de sa voiture. Il s'était abandonné dans les bras de la noire crépue du troisième, et depuis sa vie avait changé.

Il avait envie de croire comme ça, a priori aux élucubrations démentes de la sorcière. Il s'était tellement senti comme étant responsable de la mort d'Hélène, que par contrecoup, toutes ses angoisses étaient balayées, comme un château de sable par la mer.

Malgré les réticences qu'il manifestait parfois, une attraction inconditionnelle l'attirait vers elle. Il avait de plus en plus l'impression d'y être connecté, et ça le rendait fou. Un réseau de forces obscures s'était formé entre le troisième et le quatrième étage. Un réseau étrange, une sorte de Wi-Fi démoniaque, une vibration régulière comme les ailes d'un moustique qui s'approchent un peu trop près de l'oreille. À cause de tout cela, dès qu'il passait la porte d'entrée de son immeuble il ressentait une profondeur dans la cage d'escalier comme un acouphène profond.

Mêmes, les coups de fil de Wilson ne trouvaient plus preneur. Richard n'avait plus besoin de personne, même pas l'un des rares amis qui pensait encore à lui.

Il était drastiquement obnubilé par Angèle. Aussi depuis quelques jours, au réveil, en regardant une araignée sur sa toile, dans le coin du plafond, il ressassait la révélation qu'Angèle lui avait faite, à la manière d'un mantra ! Et si elle avait raison ! Si Hélène avait été assassinée ! Dans la seconde qui suivait, il réfutait cette éventualité et la décision ferme qu'il ne voulait plus la revoir ne tint qu'un temps. Son côté rationnel de flic faisait obstacle à toutes les élucubrations de sa voisine. Insidieusement, il sentait que le ver du diable avait creusé le fruit cartésien qui le caractérisait, jusqu'à pourrir dans sa tête.

Au plus il réfléchissait, au plus l'idée qu'Hélène n'était pas morte d'un accident prenait forme. Après un gros temps de digestion, il en était pratiquement convaincu. D'après Angèle, le coupable rodait peut-être son quartier.

Tout ça le rassurait quelque part, paradoxalement, il se sentait revivre, se sentait libéré d'un carcan.

Toutes ces longues années gâchées par l'angoisse et la culpabilité d'être le seul responsable de la mort d'Hélène et d'Henri aussi, étaient désormais derrière lui. Il savait que tout cela ne changeait rien, Hélène ne reviendrait pas pour autant. En revanche, il sentait que son devoir maintenant était de faire quelque chose pour elle, mettre la main sur son véritable assassin.

Dans ses rêves vivotaient toujours ses âmes perdues et il était sûr, maintenant, de pouvoir les libérer.

Pour une fois, sa vie prenait une autre tournure et il était bien décidé à ne pas lâcher le morceau.

Le soir de cette prise de conscience, il passa une bonne nuit, apaisée, sans rêve.

En dessous de chez lui à quelques mètres, Angèle broyait du noir, ayant élaboré une stratégie compliquée elle était prise entre deux feux. D'un côté brillaient la rationalité, la mesure, la pondération, toutes ces notions typiquement françaises, de l'autre côté plus sombre où la flamme intérieure léchait son esprit des pouvoirs vaudou. Pour soi-disant retrouver sa sœur, elle avait choisi la seconde option, le côté ténébreux des choses.

La vie place les gens devant des choix, des carrefours, où il faut bien prendre un chemin. Certains choisissent celui qui est le plus tranquille, mais qui ne mène souvent nulle part. Angèle avait choisi, elle, le chemin de gauche, celui à peine visible, entouré en lisière d'une végétation hostile, urticante, mortifère. Elle avait décidé de prendre cette direction périlleuse en espérant arriver à ses fins. Son stratagème ressemblait beaucoup à un coup de billard à trois bandes, complexe, aléatoire, où la moindre imprécision peut le faire capoter. En échafaudant son plan au fur et à mesure, elle savait qu'elle prenait des risques.

Elle savait qu'elle allait en baver, que la colère qui la guidait pourrait lui faire faire n'importe quoi. L'évaluation de l'emprise qu'elle avait sur Richard la rassurait, il pensait avoir son libre arbitre malheureusement ce n'était pas le cas. Lui, il avait choisi le chemin le plus facile, celui de l'écouter, un chemin qui paraissait dégagé, un chemin qu'Angèle avait tracé pour lui.

X

Jean, un pinceau entre ses mains remplies de goudron regardait de temps en temps le ciel, content de voir le soleil se lever sur le Vieux-Port. Il était fasciné tous les matins par la même chose, il ne lui en fallait peu. Il appliquait sur la coque de son bateau un produit infâme qui sentait fort le pétrole. La journée se présentait bien, douce et ensoleillée, Jean le savait, il était une sorte de baromètre, une station météo, à lui tout seul. Il avait toujours été en osmose avec les éléments.

Le temps n'avait pas de secret pour lui. Il le connaissait bien, et savait que les grosses chaleurs lourdes de la fin août ne tarderaient pas à venir. Son bateau était hors d'eau, en carène, et il priait pour avoir terminé son travail de calfatage et de peinture, avant que le thermomètre ne s'emballe. Soudain, la douce musique d'Erik Satie retentit dans la poche de sa salopette.

— Allo !

— Allo !

— C'est toi José, qu'est-ce qu'il t'arrive mon vieux ?

— Tu es au bateau ?

Dit en bégayant, José affolé.

— Oui.

— J'ai besoin de te voir, c'est important !

— Tu n'as qu'à venir, je suis là toute la matinée.

— Merci, mec, je viens.

Il était 10 heures et Jean avait pris un petit temps de repos. Une bière à la main, il regardait défiler la panoplie de touristes attirés par la mer.

Il n'en pouvait plus de voir ces étrangers qui venaient polluer « ses côtes » et en cela, s'il était l'ami de José, ce n'était pas pour rien. Outre le fait qu'il soit « borderline » comme lui, la pollution de la mer était un combat commun. Il maudissait la vulgate populaire si répandue, qui laissait penser que Marseille par une sorte de fatalité était une des villes les plus cosmopolites, un melting-pot d'origines et de couleurs.

À force d'appuyer cette assertion à tous bouts de champs, Jean pensait avec sa petite cervelle de moineau, que finalement tout ça se vérifiait. La méthode Coué, comme si la fonction créait l'organe. Il était engagé dans ce sens d'une manière sanguine et disait que Marseille était une ville pour laquelle le slogan politique "Struggle for life" prenait tout son sens. Cette sorte de légende urbaine qu'il avait élaborée, qu'il avait construit brique après brique, au fil des années lui pourrissait bien la vie.

Jean avait soixante ans et son existence même tentait de se faire oublier. Sa femme était partie depuis longtemps, et il avait épousé la mer en noce d'émeraude.

Du haut de son mètre quatre-vingt-dix, taillé comme un colosse, il toisait son monde maritime. Son regard bleu était en partie occulté par des sourcils ébouriffés. Des pites de rousseur et des taches de vieillesse se partageaient anarchiquement sa peau hâlée de rouquin.

Sur son crâne veiné était tatouée une ancre énorme, certainement en hommage à sa bien-aimée, la mer. Une vieille histoire pourtant revenait encore le perturber, et il avait craint à un moment d'y laisser une part de lui-même.

Heureusement, sa passion tardive pour le bateau lui avait donné plus la sensation d'oublier et de s'accomplir dans quelque chose, que de s'y perdre.

Soudain la canette lui glissa des mains ! Son regard fixa le trottoir d'en face, près de la « Galiote », il suivait mètre après mètre le pas d'un individu qui n'était autre que Richard !

XI

Les nuits chaudes de cette fin de mois d'août mouillaient le derme des façades de la rue de la République d'une petite buée éphémère. C'était en général, une rue qui ne mouillait pas vraiment de plaisir, parce qu'il ne s'y passait rien. Il fallait descendre un peu plus bas sur le Vieux-Port, pour vraiment apprécier l'activité nocturne de Marseille.

Richard dès la première lueur du jour s'était accoudé au balcon de la fenêtre, et toucha d'une manière sensuelle à tâtons, le crépi du mur extérieur. De fines perles de rosée se posèrent délicatement dans sa main. Il avait l'impression que la rue l'aimait maintenant, et se frotta vigoureusement le visage avec cette eau pour se réveiller. De bonne humeur après cette rencontre humide, Richard eut l'impression qu'il avait fait l'amour avec la rue. D'un pas décidé, il poussa la porte de la salle de bain, se rasa, après une douche revigorante. Un certain temps lui fallut, pour trouver une bonne lame dans ses tiroirs, où régnait une pagaille monstre. Quand il effleura le rasoir sur son visage, il eut l'impression de couper du foin avec une faux. Après tout cela, il s'aspergea le visage d'un after-shave qui le vivifia en un éclair. Richard en général était rugueux comme un artichaut, mais aujourd'hui toutes les feuilles étaient tombées comme par magie. Il ne restait plus que le cœur, un cœur de feu.

Dans la glace, il vit quelqu'un qu'il n'avait plus vu depuis longtemps, c'était bizarre !

Un coup de peigne final et hop, il enfila un slip correct ! Plus question de ce caleçon tout pourri, se dit-il, c'était fini tout ça !

Il essaya une chemise blanche assez sport, mais classieuse quand même, une chemise presque momifiée, vieille, mais peu portée, trouvée dans le fond de son armoire.

Au premier abord, il la sentit un peu grande. Cette chemise qui le boudinait quand il la mettait, il y a une dizaine d'années, maintenant était ample. Tout étant relatif, ce n'est pas elle qui était devenue ample évidemment, mais le gras du dessous qui avait fondu par les contrariétés. Il pensa avec fierté qu'elle lui allait mieux qu'avant.

Un pantalon en toile marron et des mocassins neufs à glands, finirent presque sa métamorphose. Pour parachever le tout, il mit des lunettes plus discrètes, à monture acier et aux verres à peine teintés.

Il marcha un peu, repassa devant l'armoire pour s'assurer que c'était bien lui. Maintenant, il n'avait plus aucun doute, c'était lui avec dix ans de moins.

Il sourdait l'impression qu'Angèle lui avait débridé le cerveau.

Content, se mirant sous toutes les coutures, il faisait des demi-tours sur place devant la glace, comme un gamin. Boulimique d'action, il fut pris d'une fulgurante envie d'aller boire le café dans un bar.

Il fallait qu'il se bouge, car il n'avait encore rien avalé et que le besoin d'un petit noir devenait irrépressible.

Il sortit une veste assortie de la penderie et s'extirpa de son appartement comme le nouveau-né d'un ventre.

La rue de la République lui ouvrit les bras, il n'y avait plus de contentieux entre elle et lui !

Respirant à pleins poumons l'air frais du matin, il se dirigea vers le vieux port avec l'envie de traîner, de flâner !

Il n'était pas pressé, et la lumière ne l'effrayait plus. À un moment, un homme frisé avec des lunettes noires s'approcha de lui et lui demanda du feu. Richard lui en donna et l'homme s'éloigna furtivement à petits pas en le remerciant.

Bizarrement Richard se mit à transpirer. À son insu, une partie inconnue de son cerveau analysait l'individu dans un but bien précis.

Au plus profond de lui, il était à la recherche de l'homme dont lui avait parlé Angèle, celui qui avait tué sa femme.

Pour l'instant il n'en prenait pas vraiment conscience et pensait que cette suée était due à la chaleur.

Le bitume défilait sous ses pieds. Il passa même près de la rue Sainte où ils avaient retrouvé le corps d'Henri. Richard s'arrêta, regarda les lieux, se recueillit un moment, puis continua son chemin vers l'abbaye de Saint-Victor. Il était environ 9 h 30 quand il s'arrêta au « Beau Rivage », le bar qu'il fréquentait quand il était jeune.

Il n'y avait plus mis les pieds depuis l'époque des costumes en Alpaga et des chaussures Nebullonis des années 70.

C'était le lieu de rendez-vous, les soirs où il allait danser à l'Arsenal des Galères, bien avant de rencontrer Hélène.

Installé en terrasse, Richard permettait à son esprit de renifler ses souvenirs, comme un chien avec une grande longueur de laisse.

Tout avait changé ici, évidemment. La décoration du bar n'était plus la même et à l'intérieur le billard français n'était plus là.

Il se souvenait de ces parties fratricides avec son ami Franck sur le tapis vert. Nonobstant tous ces changements, il flottait quelque chose de l'ordre de l'indicible, une atmosphère, une agréable nostalgie.

À peine il commença à boire son café dans l'ivresse des profondeurs du temps et dans une paix totale, qu'une main de géant s'abattit sur son épaule.

Richard tourna lentement la tête vers l'inconnu. Étrangement il ne fut pas effrayé par la vivacité de ce geste. Pour l'interpeller comme ça, il conclut qu'il devait bien le connaître.

— Hé, Richard, tu me remets mon vieux ?

À vrai dire, il ne lui disait rien du tout ! Pourtant dans sa vie passée de fin limier dans la police, il se devait être physionomiste, mais là non, ce n'était vraiment pas le cas ! Il faut dire que le mec en question avait l'air de vraiment vouloir passer incognito. Il portait un chapeau au bord large, de grosses lunettes ray ban aviateur, et pour finir de grosses pattes « sel et roux » qui avaient l'air de mettre son visage et son identité, entre parenthèses.

— Désolé, mais je ne vois pas, vous devez vous tromper de personne !

Bafouilla Richard.

— C'est difficile, c'est loin, ça date, mais quand même ?

— Vraiment pas, désolé !

— Je peux m'asseoir ?

Lui dit le colosse tatoué

Richard contrit acquiesça d'un geste de tête.

L'homme posa ses fesses sur un fauteuil en aluminium qui se tordit de douleur dans un couinement inquiétant.

Il posa son chapeau sur la table ainsi que ses lunettes.

— Alors et maintenant ?

Tout à coup, le sang de Richard se coagula dans ses veines, il l'avait finalement reconnu. Derrière ses lunettes, ce regard chafouin qui n'avait pas changé.

– J'étais en face, près du ferry-boat quand je t'ai vu en train de t'asseoir !

Lui dit Jean avec la malice d'un Hercule Poirot en moins raffiné.

– Jean ! Ce n'est pas possible ! C'est vrai que sans tes accessoires, c'est plus facile !

Lui rétorqua le policier.

– Moi en revanche, je t'ai reconnu tout de suite, Richard !

– Richard ne savait pas trop quoi lui dire et se demandait même, comment il pouvait décemment se rappeler à lui. Depuis la mort d'Hélène, il ne l'avait plus revu, et il aurait fallu un bon logiciel de « morphing » pour le reconnaître. C'est vrai que le temps y était pour quelque chose, sa vie de marin l'avait érodé, mais il y avait quelque chose d'autre qui le turlupinait. Le côté psychologique du personnage. Quand se laisser embarquer dans les soirées dans les années 80, tout le monde le chauffait, tout le monde voulait qu'il sorte de sa coquille, car il était une timidité maladive.

Aujourd'hui, ce rouquin qui ne pouvait pas se sentir à l'époque était là devant lui, l'air totalement extraverti, excité par ces retrouvailles improbables.

Il parlait tellement fort que Richard fut obligé de s'éloigner le plus possible de lui, en balançant son fauteuil en arrière. Jean paraissait connaître tout le monde à la terrasse du bar, c'était un peu la vedette, le Raimu du bar de la Marine. Il adressait, en veux-tu en voilà, des saluts brouillons à la marseillaise, et tout cela dans une roublardise connivence. Ce qui impressionnait le plus Richard, c'était son tatouage dément sur le crâne, il se dit qu'il fallait avoir un grain pour faire une chose pareille. Cet abruti s'était fait marquer comme on marque le bétail du symbole de sa propriété, une ancre sur le haut du front ! Pour Jean la propriété qui le soumettait, c'était la mer. Il lui manquait plus qu'une étiquette agrafée à l'oreille et la ressemblance avec un veau était criante. C'était vraiment un drôle d'endroit pour un tatouage. En tous les cas, Richard comprenait maintenant l'utilité de son chapeau qui avait une fonction autre que de se protéger du soleil. Il devait, se dit-il, avoir honte de temps en temps, avec cette estampille à découvert. Richard convenait qu'il était plus sympathique qu'avant, évidemment, mais ceci ne le détournait pas de la phrase affirmative d'Angèle :

— Tu vas rencontrer l'assassin de ta femme !

L'hypothèse qu'il eût pu saboter la voiture, couper le conduit des freins commençait à prendre forme. Les paroles d'Angèle le rongeaient : "Tu vas rencontrer l'homme responsable de la mort d'Hélène". La coïncidence était trop forte, il ne pensait qu'à ça. Mais même en cherchant bien il ne voyait pas pour quelle raison il aurait fait une chose pareille. Richard défilait dans sa tête les moments passés avec lui ayant un lien avec Hélène.

Jean avait le même effet sur lui qu'un vieux disque, qui arrache stricto sensu, des souvenirs précis.

Ils étaient dans un juste milieu entre copain et ami. En fait, Jean était au départ un copain d'Hélène. Richard avait ressenti à l'époque de la jalousie à son égard, c'est vrai qu'Hélène était belle et qu'elle ne le laissait pas indifférent.

Hélène et Richard vivant le grand amour, Jean rongeait son frein, il ne supportait déjà plus sa copine.

Dans ce bar, près de la Galiote, plus d'un quart de siècle plus tard, ils se racontaient leur vie comme si le temps avait effacé l'ardoise de la rancœur.

Richard lui racontait sous forme d'euphémisme et dans un cynisme prononcé, ses exploits dans la police, Jean de son côté ne lui parlait que de son bateau, comme si son ardoise avait du mal à s'effacer !

Richard trouvait ça un peu louche, mais il était tellement conditionné par les mots d'Angèle que l'objectivité à l'égard du rouquin perdait d'intensité à chacune de ses paroles.

Il tentait par tous les moyens de lui faire cracher le morceau.

Comme un boa avant d'avaler sa proie, Richard l'absorbait du regard. Jean, cet homme lourd et rustre, rongé par la mer, venait docilement lui manger dans la main.

C'est lui, qui prenait le policier par le col pour l'emmener dans le passé. Jean lui faisait jaillir des souvenirs involontaires, des dimanches fiévreux, passés au lit avec Hélène, paradoxalement le brave marin disséminait une impression de joie, une joie empreinte d'une nostalgie diffuse.

Une brèche s'était ouverte, une sorte d'éventration du temps.

Richard n'avait aucune envie de parler, mais c'était purement stratégique. Il sentait qu'il pourrait en savoir plus s'il faisait la carpe. Ce qu'il fallait découvrir se trouvait, pile là, dans sa tête hirsute, sous son ancre violacée. Il était sûr qu'une fois lancé, il ne s'arrêterait plus de parler. Une noria de seaux n'aurait pas fait mieux, il puisait grâce à la faconde de Jean, comme dans une source, et y scrutait les parties cachées de son cerveau.

— Richard, oh ! Tu m'écoutes,

— excuse-moi, j'étais ailleurs. Tu disais ?

— Je disais que je n'ai pas d'autre demeure que la mer, tu vois je suis simple, je vis sur mon bateau.

— Ça ne doit pas être une vie facile, j'imagine ?

Lui dit Richard, la mine compassée.

— C'est la vie que je mérite, je ne me plains pas.

Lui répondit Jean, battant sa coulpe.

Le policier bloqua sur cette phrase et il se dit que Jean avait quelque chose à se reprocher pour dire ça. Peut-être qu'il avait lui aussi une culpabilité qui le rongeait. Richard n'était plus rongé par rien, mais au fond de lui une sorte de prescience lui disait qu'il allait se faire ronger par Angèle et jusqu'au trognon. Certes, elle l'avait libéré, mais il se sentait totalement sous son emprise

Ce n'est qu'après un interminable monologue relatant sa vie de looser, que Jean s'est ensuite focalisé sur des choses plus sensibles. Il évoqua avec mesure et gravité, le drame de la nuit du réveillon. Faire un flash-back de presque quinze ans, c'est beaucoup, ce n'est pas trop !

Les souvenirs s'étiolent pour certains, mais pas pour d'autres. C'était une des différences entre un limier à la retraite et un colosse marin, aux pieds d'argile.

Richard réfléchissait :

Pour quelles raisons tangibles aurait-il voulu tuer Hélène ?

Et si vraiment c'était le cas, n'y avait-il pas d'autres moyens, beaucoup moins aléatoires, pour être certain du résultat ?

Était-ce l'emprise de l'alcool qui lui a fait commettre cet acte monstrueux, ou était-ce peut-être un acte manqué ! Ou alors il voulait peut-être faire d'une pierre deux coups. Tuer le bonheur qui marchait à deux.

Une voiture sabotée, deux personnes assassinées, boum ! Moi je ne représentais qu'un dommage collatéral, qui sait ! Ou bien c'était peut-être moi qu'il voulait tuer, pas Hélène ! Après un long passage, vide de paroles, Jean lui fit une proposition.

— Ça te dit de faire une balade en bateau un de ces jours ? Lui dit-il avec entrain.

D'un coup sec, Richard sortit de sa réflexion Colombesque !

— Ça pourrait être une bonne idée ! Et maintenant que l'on se revoit, pas de chichis entre nous, d'accord ? Il ne faut pas tenter d'oublier ce qui s'est passé, nous l'avons chacun dans nos têtes. Essayons simplement de vivre avec, de prendre du bon temps ! La vie est plutôt derrière que devant, non ? Lui répondit sournoisement Richard.

— À fond de ton avis ! Si tu es d'accord, rendez-vous ici, après demain, OK ? On ira pêcher autour des îles du Frioul. Lança joyeusement Jean, enthousiaste.

— À quelle heure ?

— 7 heures ! Ça te va ?

— C'est parfait, je suis matinal !

— Si tu peux, comme tu habites à côté, prend des appâts derrière la mairie, comme ça on pourra partir directement !

— OK, Jean, je vais y penser.

À peine la discussion finie, un gringalet vint vers eux, l'air passablement perturbé.

Il s'approcha près de Jean, si près, que Richard comprit qu'il n'était pas invité à participer à la conversation.

— Allez, ciao, Richard, et surtout, n'oublie pas les vers !

D'un air de lui dire, casse-toi.

Le semi-envoûté de la rue de la République prit le ferry-boat et rentra chez lui, excité par ses retrouvailles avec Jean ! Dans l'appartement tout était calme, contrairement à lui qui était à deux doigts de l'explosion. Marchant dans tous les sens, comme d'habitude il essayait de se calmer en se prenant la tête entre les mains et en soufflant, pour éliminer le trop-plein, un peu comme un autocuiseur et sa soupape qui tourne. Il se dit que le meilleur moyen pour faire tomber la pression serait qu'il aille chez Angèle pour lui raconter. Et il fit ce qu'il dit.

— Richard, tu viens me rendre les gâteaux, ce n'est pas gentil ça !

Dit-elle en toussotant, comme un moteur de voiture qui a du mal à démarrer.

— Angèle, écoute-moi attentivement. Ce que je vais te dire, tu ne vas pas le croire. J'ai fait exactement comme tu m'as dit, je suis allé me promener sur le port et j'ai fait une rencontre inattendue.

— Évidemment que je te crois, puisque c'est moi qui te l'ai dit !

— À vrai dire, je ne suis pas si sûr que ce soit lui !

— Mais oui, c'est lui, je le sens, ce n'est pas la coïncidence. Regarde bien, tu as retrouvé ton homme, et moi je suis en passe de retrouver ma sœur ! Tu vois qu'on a bien fait de faire notre petite séance de spiritisme tous les deux. Elle n'est pas belle la vie ?

— Tu as retrouvé Missa ? C'est génial !

— C'est plus compliqué, je l'ai vu dans une de mes visions et cette fois je sais où elle est ! Ne reste pas devant la porte, entre !

Richard s'exécuta.

— Alors, raconte-moi ?

Lui dit Angèle impatiente.

— Je ne sais vraiment pas quoi te dire. J'ai revu un copain qui était à la soirée du réveillon avec nous, le soir du drame. Il s'appelle Jean, c'était plutôt un ami d'Hélène. Je reconnais que ça ne peut pas être le fruit du hasard. Je suis tellement effrayé par ce que tu m'as dit que maintenant j'ai l'impression d'être conditionné à voir le mal en lui. Pourtant de la manière dont il m'a parlé, je n'ai pas le sentiment qu'il soit coupable.

— Je te dis que c'est lui, c'est Jean qui a saboté ta voiture. Richard, réveille-toi, les faits sont là !

— Tu parles de lui comme si tu le connaissais, tu l'appelles déjà par son prénom, c'est drôle. Et puis tu parles de quels faits, tes élucubrations ?

— Écoute, si tu lâches l'affaire, tu vas reprendre ta vie de cloporte, c'est ça que tu veux ?

— Non, bien sûr !

— Richard, je t'en prie ! continue !

— Figure-toi qu'il m'a invité à une partie de pêche demain sur son bateau ! Je vais profiter de cette occasion pour y voir plus clair à son sujet ! Il parle beaucoup, je peux le manipuler facilement parce qu'il a l'air fragile. On dirait qu'il a quelque chose de lourd sur la conscience. C'est peut-être pour une autre raison. De toute manière, si j'ai la certitude après cette journée que c'est bien lui qui a saboté la voiture, je le balance par-dessus bord.

— Voilà, j'aime quand tu parles comme ça. Et s'il te plaît, tu amèneras une petite dorade à ta gentille voisine. Si j'ai raison, tu m'en ramèneras deux. D'accord mon poulet ?

— Angèle, je vois que depuis quelque temps nous sommes devenus très proches surtout avec des mots qui dénotent une certaine intimité. « Mon poulet », tu y vas fort !

— Désolé dans mon esprit « Mon poulet », c'est une façon de dire « mon flic préféré » !

— Dommage pour moi !

Marmonna Richard déçu

— Si je t'ai vexé, excuse-moi. Tu sais, je t'aime bien, mais on apprend à peine à se connaître. Peut-être que d'ici quelque temps, tu ne pourras même plus me supporter.

— Continue Angèle, parle-moi de ta sœur.

— Je sais qu'elle est à Marseille maintenant. J'avais tellement peur que ma mère l'ait embobiné pour qu'elle parte la rejoindre en Haïti.

— Je l'ai rêvé, mais tu as confiance en mes rêves maintenant ?

— Fais-moi signe si tu as besoin de moi à ton retour, Richard !

Lui dit Angèle apaisée, en lui caressant la main.

XII

Deux jours plus tard, les deux compères naviguaient sur une mer épaisse, plate comme une tôle. Le bateau du rouquin était d'un autre temps, tout en bois latté, il respirait le goudron de calfatage et la sueur.

Vert Kaki, il découpait la grande bleue suivant un pointillé qui se dessinait vers le Frioul. À la sortie du vieux port, près du fort Saint-Jean des pêcheurs étaient déjà installés, éparpillés sur les rochers. Plus loin, la digue du large qui protégeait la rade avec ses gros blocs de pierre, pareils à de gros morceaux de sucre enchevêtrés. C'était la limite de la pleine mer.

Les doigts agrippés au cabestan, Jean, cigarette au bec, appréciait cet instant de grâce où l'eau avait l'air de dormir. Pourtant l'eau ne dort jamais, elle sommeille, mais ne dort pas.

Elle accueille dans ses abîmes la mémoire des hommes.

— Richard, tu penses à quoi ?

Celui-ci était assis sur la margelle du pont et regardait défiler l'écume sur l'étrave, hypnotisé.

En fait, il n'avait qu'une chose en tête, et c'était difficile pour lui de rester naturel, évidemment.

— Non, ça va ! J'ai un peu mal au cœur, mais ça va !

Le mistral de la veille avait nettoyé le ciel, et l'île Maïre se détachait au fond de Callelongue. Au large, l'île de Planier se rapprochait lentement. Le duo improbable de pêcheurs croisait maintenant le château d'If, où le comte de Monte-Cristo avait réussi à échapper à sa prison dans un sac mortuaire.

Richard avait quelque chose en commun avec le héros d'Alexandre Dumas, comme lui il était à la recherche de la vérité, de la justice.

— On va jeter l'ancre ici, nous sommes à l'abri du vent. J'espère que le mistral nous laissera tranquilles aujourd'hui !

— C'est toi qui vois !

Lui dit Richard avec détachement.

Une fois le bateau mouillé, Jean attrapa son ami de trente ans par sa grosse main, et lui fit visiter son bateau.

Malgré une apparence extérieure un peu vieillotte, la cabine était moderne, spacieuse, mais décorée sans goût.

Vers l'avant il y avait deux couchettes séparées, une cuisine, des toilettes et un petit coin salon. Tout y était, une sorte de camping-car flottant ! se dit Richard.

— Tu as un chouette bateau, mais je ne pourrais pas vivre là-dessus, je me demande comment tu fais ?

— Question d'habitude. Allez, sortons les cannes ! On va chopper de belles dorades, c'est un bon coin ici !

Les vers américains gigotaient dans leur boîte, aussitôt le couvercle enlevé. Richard n'aimait pas trop toucher ces bestioles et encore moins les mettre sur un hameçon !

— Regarde, tu enfiles le ver sur l'aiguille, ensuite tu le glisses sur l'hameçon, tu vois, c'est simple !

— Richard regardait le ver américain se faire transpercer, il avait l'impression qu'il leur disait : *Fuck you !*

Le vent ne s'était pas levé et la journée avait un bel avenir. Richard à dix heures avait déjà pêché trois dorades royales, deux vieilles, et deux sars.

Agacé par la réussite de son ami néophyte, Jean le professionnel de la mer paraissait excédé. Son tatouage crânien avait l'impression de se décolorer sous le soleil. Richard lui avait suggéré de mettre son chapeau, mais il l'avait remballé violemment.

Jean était excité comme une vieille pute. Il était devenu boulimique de poissons. Il tirait sa canne, remettait un appât, la lançait, et une minute plus tard la remontait sans rien au bout, et le cycle recommençait.

Son état se dégradait à chaque tentative. Une transpiration malsaine perlait sur son visage émacié, sa peau se racornissait comme du papier d'Arménie. Le changement de métabolisme peut-être dû au soleil sur les roux, combiné à l'alcool, le rendait agressif.

— Aie, putain !

Cria-t-il en gesticulant dans tous les sens.

— Qu'est-ce qui t'arrive !

— Je me suis viandé le pouce avec cet enfoiré d'hameçon ! Richard lui demanda s'il n'était pas hémophile au moins, car à la vue de tout le sang qui s'écoulait sur les lattes du pont, la question se posait. L'ardillon était complètement rentré dans la chair, le ver était toujours sur l'hameçon touchant son doigt et se contorsionnait noyé dans le sang du colosse rouquin.

Richard porta un regard circulaire autour du bateau, rien ne bougeait, la mer était d'un calme suffocant. Ici, la nature imitait la plus belle des aquarelles. Un bleu saupoudré de mouettes encerclait les blanches anfractuosités des rochers. Il se dit en son for intérieur que c'était un bel endroit pour mourir. Richard était serein, mais quand il arriva au chevet de Jean, l'appréhension qu'il puisse avoir devant le sang n'existait plus. Angèle l'avait immunisé de presque tout.

— Va chercher une seringue dans le placard de la cuisine, tu verras, il y a des pots de confiture, derrière, il doit y avoir aussi un flacon de novocaïne ! Magne-toi !

— On peut essayer de l'enlever comme ça non ?

Lui dit Richard avec une voix de l'amateur qui n'inspire pas trop confiance.

— Tu as vu la taille de l'hameçon, si je tire dessus je m'arrache le doigt, je préfère l'anesthésier, après on verra ! En plus il est tout rouillé ce con ! Putain je vais me chopper le tétanos !

Richard prit son courage à deux mains et lui dit rassurant :

— Bon tu es prêt, j'y vais. D'abord, entoure ce chiffon autour du doigt si tu ne veux pas repeindre ton bateau en rouge !

L'ancien de la BAC se dirigea en titubant vers la cabine. La cuisine était bourrée de choses hétéroclites qui normalement n'auraient pas dû se trouver là, une sorte d'inventaire à la Prévert.

En ouvrant le premier placard, il supposa que celui-ci devait faire office de pharmacie. Richard constata que la propreté n'était pas la première nature du rouquin.

Çà et là, éparpillés sur l'étagère poussiéreuse, cohabitaient des cachets de toutes sortes.

À côté, dans un verre se trouvaient quatre seringues sous blister, et le flacon de novocaïne. Les confitures étaient sous l'étagère de dessous avec des cartes maritimes et de vieilles photos.

Malgré les cris de Jean, la curiosité poussa Richard à ouvrir le deuxième placard. Il devait aimer les raviolis en boîte se dit-il, il y'en avait au moins une dizaine ! Pouah ! Comment peut-on manger une chose pareille pensa Richard.

Il cherchait autre chose que des raviolis, mais c'était trop tard maintenant. Il n'avait plus le temps, il fallait qu'il sorte, car Jean aurait pu trouver ça louche !

Une preuve, un indice de l'implication de ce marin de pacotille dans l'accident d'Hélène lui aurait bien plu, tant pis.

Au moment de fermer le placard, il remarqua, accroché à un clou derrière la porte, tout un tas de cochonneries, des émerillons, des porte-clés, une gourmette à son nom et un collier.

Il referma la porte, troublé. D'une manière subliminale, il avait vu quelque chose qui lui avait titillé l'inconscient !

Richard rouvrit la porte et décrocha tout le ramassis d'avaries et prit le collier entre ses mains. Son sang ne fit qu'un tour. C'était exactement le même qu'il avait vu dans son rêve, celui de Missa avec cette grosse pierre au milieu. C'est impossible, c'est quoi ce bordel ! se dit-il

Richard prenait conscience que Jean connaissait forcément la sœur d'Angèle, Missa, c'était délirant, mais c'était comme ça ! Quand il sortit de la cabine, le piaillement des mouettes avait redoublé d'intensité, comme une lamentation d'âmes en peine qui hérisse le vent.

Il n'avait aucun doute sur le collier, c'était bien celui de la sœur d'Angèle et il n'était pas venu sur ce bateau par l'opération du Saint-Esprit.

Richard était en train de péter les plombs, il se demandait si toutes les assertions qu'il formulait reposaient bien sur quelque chose, il pensait plutôt qu'Angèle le roulait dans la farine bien, bien. Il se décarcassait pour connaître la vérité à propos de Jean, et se trouvait embarqué dans une autre histoire. Il se questionnait sans cesse maintenant se disant que c'était bien elle. Angèle, qui lui avait dit de se promener de ce côté du Vieux-Port. Elle savait peut-être que Jean y était, en train de repeindre son bateau, et que la probabilité qu'ils se rencontrent était très forte.

Il sentait qu'elle le manipulait depuis le début, mais pour quelle raison, pour quel mobile ?

Richard continuait à se faire un film dans sa tête :

La vraisemblance que Jean eût connue la sœur d'Angèle était quasi nulle. Pourtant le collier, il l'avait bien vu dans ses hallucinations ! Angèle veut me faire croire à une histoire qui ne tient pas la route, la salope !

Et la recherche de sa sœur, il y croyait de moins en moins, il supputait autre chose de plus compliqué !

Richard était tétanisé, essayant de reprendre ses esprits pour ne pas éveiller de soupçons, il espérait pouvoir donner le change en face de lui: reprend-toi se dit-il et va le soigner, on verra bien !

L'opération du doigt se termina dans une hygiène douteuse. Richard lui avait fait une poupée sur le pouce qui lui faisait penser à une poupée Vaudou. Il imagina un instant lui planter des aiguilles comme des banderilles avant la mise à mort.

— Merci mon ami tu m'as sauvé de la gangrène.

Lui dit-il en riant. En laissant apparaître de sa bouche, le gisement aurifère de quelques couronnes.

— C'est normal !

Lui dit Richard, l'air dégoûté.

XIII

Dans le quartier de Noailles, Angèle n'était plus à la recherche de sa sœur. Le rêve où elle avait vu sa sœur traîner dans le quartier était une invention de toutes pièces pour motiver Richard à poursuivre sa propre recherche.

Ce soir elle n'avait qu'une chose en tête, son rendez-vous.

Il n'était pas loin de dix-neuf heures quand elle traversa la foule compacte qui faisait le marché, enjambant de-ci de-là, les cartons de fruit éventrés et diverses poubelles. Il faisait très chaud. Une bonne trentaine de degrés en fin de journée, ça mettait bien minable. La fragrance de l'air était issue d'un mélange poisseux, d'humidité et de pollution.

Marseille étouffait tous les ans un peu plus, le réchauffement climatique n'y étant certainement pas pour rien, et ça donnait soif. Alors, au lieu de tirer par la Canebière elle prit la rue du Musée et entra comme téléguidée au *Femina*, un restaurant oriental réputé.

Les mangeurs de couscous s'y côtoyaient sans aucune barrière d'âge, de sexe, ni de couleur de peau. Angèle aimait cet endroit.

Aujourd'hui c'était quelque peu différent elle voyait les gens et ils ressemblaient tous à des zombies. Ce n'était pas une de ces idées qui parfois lui traversaient l'esprit ! Non, aujourd'hui, elle sentait vraiment la mort autour d'elle.

Cette odeur de pourriture s'emboîtait comme dans un puzzle, flottant dans l'atmosphère putride du lieu. Dégueulasse.

Elle avait reniflé ses aisselles discrètement avant d'entrer dans l'estaminet. Ça l'avait dégoûté. C'était cette odeur, la même. Elle aussi puait la mort.

Elle s'était dit : « Angèle, ne t'angoisse pas, il va venir ! ».

Quand il l'a vit, attablée devant une rose qui avait l'air de lui faire la conversation, sa moustache se mit à gigoter comme une anguille. Depuis qu'elle était passée au commissariat, Raymond Samane ne savait plus ce qu'il faisait, il était totalement sous le charme de la noire et sculpturale Angèle. Il s'assit en se courbant vers elle, comme s'il lui faisait une révérence. Elle lui prêta sa main, il l'effleura de la bouche.

Angèle avait outre l'art de la magie, l'art de la manipulation mentale. Elle voyait cet homme qui d'après ce qu'elle avait entendu dire de lui, était le commissaire en chef le plus intègre, dont la pugnacité était reconnue par tous. Et là, il était comme un toutou devant elle : c'était pathétique.

Un vecteur ultime de puissance s'exerçait sur elle et irradiait les autres. Imaginant avoir le pouvoir sur tout, elle adoptait devant le moustachu bedonnant, la posture de la femme meurtrie, désemparée, et elle lui faisait comprendre sans mot dire qu'il existait peut-être un homme pour la comprendre.

Il se reconnaissait parfaitement dans cet homme. Le brave Raymond, directeur de Richard avait l'air désarçonné comme s'il avait été éjecté d'un cheval au galop devant le visage faussement doux de l'Haïtienne.

— Alors vous avez avancé dans votre enquête ? lui demanda Raymond.

— Grâce à vous ! Je crois que je suis sur la bonne voie, ce n'est qu'une question de jours !

— Vous savez que ce que j'ai fait pour vous je ne l'ai jamais fait pour personne ! Tous les renseignements que je vous ai donnés sur Richard m'ont à vrai dire un peu gêné ! J'espère au moins que ça vous a servi, et surtout que c'est pour la bonne cause !

Un sourire avait illuminé son visage qui attendait béatement une reconnaissance quelconque.

— Je ne vous cache pas que je suis heureux de vous voir, je ne savais pas si vous alliez venir. Je suis ravi.

— Eh bien moi aussi ! Lâcha suavement Angèle en battant des cils, le regard enamouré.

— Aziz, vous voulez servir la dame ! dit Raymond.

Et il lui servit un whisky avec de la glace. D'autorité. Comme à un habitué.

— À la nôtre, Angèle.

La nuit avait basculé à cet instant, quand leurs verres tintèrent l'un contre l'autre. Au moment où les yeux terreux d'Angèle se plantèrent dans les siens, il s'était mis à bander. Une érection si forte qu'il en avait presque mal. Il se sentait capable de soulever la table. Il n'avait pas compté le temps qu'il avait passé sans sexe, mais grosso modo, ça faisait un sacré bail qu'il n'avait plus touché une femme. La cuisse d'Angèle était collée à la sienne, brûlante.

Raymond ne comprenait pas pourquoi les choses arrivent si vite, toujours.

Sûr de son charme, il pérorait devant elle et une pâmoison de bonheur s'abattit sur lui. Ils commandèrent un café, pour finir.

À la minute où il alla aux toilettes, Angèle sortit un sachet discrètement de sa poche et le versa dans son café.

Quand il revint, il lui proposa la bouche en cœur et la moustache frétillante de lui rendre visite chez lui, en tout bien tout honneur, pour faire plus ample connaissance. Angèle lui répondit : « Pourquoi pas ? »

Angèle rentra chez elle, en réfléchissant à tout son montage machiavélique. Elle savait qu'elle était le maître du jeu qu'elle était capable de mobiliser n'importe qui, à sa cause.

Sa suffisance la fit chavirer sur une vague scélérate qui l'amena dans son pays natal, sur une plage dorée couverte de coquillages. Elle en mit un à l'oreille, et entendit, remontant la spirale du bigorneau, non pas la mer, mais la voix de son père. Celui-ci était toujours dans son cœur. Elle marchait sur la grève, son esprit voguait, en inventant des images qui la réconfortaient.

Au fond d'elle, peut-être, elle voulait retourner dans son pays pour comprendre ce qui était vraiment arrivé à son père, mais pour l'instant elle avait d'autres chats à fouetter, ici en France.

Une perplexité de plus en plus prégnante l'occupait, quand elle pensait à Richard. L'impression que celui-ci n'était pas dupe à propos de son scénario alambiqué, de la route qu'elle lui avait tracée et qui l'avait emmené jusqu'à Jean.

Tout ce qu'elle lui avait raconté à propos de son assimilation à la France n'était que foutaise. Elle savait que son atavisme natal ne laissait de place à rien, comme une marée noire qui recouvre une mer cristalline. Au plus l'âge avançait, au plus elle ressentait un besoin vital de s'agripper à ses racines, surtout quand le présent ressemblait à un champ de ruines.

Elle avait pompé tous les souvenirs de Richard lors de la séance d'envoûtement et de temps en temps les régurgitait. L'horreur s'était installée à son insu. Dès qu'elle fermait les yeux, elle voyait les cadavres d'Hélène et d'Henri. Des corps tordus par la douleur, mutilés. Avec tout ce sang autour, noir, coagulé. Et d'autres cadavres encore. Derrière elle. Devant elle.

XIV

Sur le bateau les deux acolytes s'étaient réfugiés dans la cabine où régnait une ambiance d'hôpital. Du coton imbibé d'alcool, la seringue et le couteau qui avait servi à extraire l'hameçon.

Richard avait disposé cet attirail sur un guéridon rongé par le sel. Sur cet esquif kaki, Ambroise Paré aurait été dans son élément.

Le soleil maintenant au zénith convoquait des mouches qui butinaient sur le pont le sang du rouquin comme des vampires de la pire espèce. Richard et Jean se faisaient face, assis sur des tabourets de fortune fabriqués avec des tourets de fils électriques.

— On rentre ?

Lui dit le marin, avec une moue souffreteuse.

— Si tu veux !

Lui répondit Richard.

Tout en le regardant dans les yeux, il vit derrière lui, pendu, le collier qu'il avait vu dans ses rêves et qui avait l'air de lui demander « prend-moi »

— Il est beau ce collier, là !

En insistant d'un mouvement de tête, soi-disant anodin. Voyant que Jean faisait la sourde oreille Richard continua.

— Ça, c'est une gonzesse qui l'a oublié, non ?

— On voit que tu es dans la flicaille. Effectivement il appartient à une fille qui me rend des services parfois, mais je ne t'en dirai pas plus.

— Elle ne s'appellerait pas Missa cette fille, par hasard ?

— Comment tu le sais ?

— On peut avoir des amis en commun, mais je reconnais volontiers que la coïncidence est un peu difficile à croire. Même un peu flippante. Je ne la connais pas personnellement je connais sa sœur qui la recherche depuis quelque temps et qui m'a demandé de l'aider à la retrouver. En fait c'est ma voisine. Et toi tu l'as connue comment ?

— Ce n'est pas vraiment une histoire que je raconte à tout le monde, mais elle m'a, en quelque sorte sauvé la vie, un soir où je m'étais torché la gueule. En sortant du Beau Rivage, j'ai fait un malaise et je me suis affalé comme une merde sur le trottoir. Il était minuit, il y avait dégun dans la rue, et c'est elle qui m'a trouvé, inerte, la bave au bord des lèvres. Elle m'a carrément tiré vers le bateau et après m'avoir fait allonger sur la banquette, elle m'a fait respirer un truc à réveiller un mort ! Depuis, elle passe me voir et m'apporte des herbes, des racines qui me font du bien.

Missa a ses habitudes sur le bateau, elle a dû l'oublier. De toute manière, elle vient souvent me voir.

— Ne me dis pas qu'il n'y a rien d'autre avec elle, tu rougis comme un gamin, je ne le crois pas ?

— Oui, c'est vrai, on sort ensemble depuis quelque temps, mais je ne veux pas trop en parler. Pour vivre mieux vivons caché, c'est con, mais c'est vrai, j'en ai l'expérience.

— Il faudrait que je lui parle si ça ne te dérange pas ! Je préfère la voir avant d'en parler à sa sœur.

— Pas de problème Richard, on se fait un apéro sur le bateau demain par exemple, je l'appellerai pour lui dire de venir.

— Sa sœur me fait flipper, elle a des pouvoirs surnaturels et elle me fait penser à une sorcière bien roulée !
Lui dit Richard l'air coquin.

— Elle ne m'a jamais dit qu'elle avait une sœur, chaque fois que je veux en savoir plus sur elle, sur sa famille, elle met le doigt sur la bouche et me dit chut ! Tu me vois, moi et la mer, tu sais que je suis un solitaire, je ne peux que la comprendre, je ne l'embête plus avec ça ! Quant à savoir si elle est bien gaulée je te rassure, Missa tire bien de sa sœur !
Lui dit Jean, passant une main sur son front humide.

Il se versa une bouteille d'eau minérale sur le crâne, refroidissant brutalement l'acier de son ancre. Richard lui avait demandé s'il n'avait pas peur qu'elle rouille, pour détendre un peu l'atmosphère. Il se rendait compte que cette histoire l'avait perturbé.

— Vieille peau de Richard, c'est drôle quand j'y pense, le destin, c'est incroyable, non ? Qui aurait pu imaginer que l'on se rencontre après tant d'années !

Pragmatique Richard pensait qu'Angèle aurait pu s'appeler Destinée, effectivement.

Jean prit le cabestan en main avec sa poupée sanglante qui suintait sur le vernis du bois.

— En route vers la civilisation ! dit-il, jovial.

La relative immobilité à l'arrivée au port plaisait à Richard, dans le sens où il avait l'impression que c'était la ville qui venait vers lui, et non l'inverse. Une fois que Marseille leur avait mangé les pieds, Richard quitta Jean sous l'ombrine.

— On se refait une partie de pêche un de ces quatre ?

Cria Jean, comme un poissonnier qui appâte le chaland

— Appelle-moi c'est quand tu veux, surtout si tu as besoin d'un infirmier à bord !

Lui répondit Richard, enjoué.

Il avait finalement passé une bonne journée et n'avait pas envie de rentrer tout de suite. Il s'arrêta à une borne de location de vélos, en prit un et descendit à fond la caisse la Corniche, pour prolonger cette sensation de bien-être sur l'eau. Même si les circonstances n'étaient pas idéales, il ne voulait pas perdre la mer des yeux, ébloui comme Protis le

Phocéen, lorsque celui-ci découvrit cette rade naturelle qui allait devenir Marseille.

Richard pédalait comme un dératé. Comme une dynamo bénéfique à son esprit, les idées défilaient dans sa tête, comme le paysage.

Toute sa jeunesse se déployait sur cette route côtière. Il passait avec une certaine émotion devant des boîtes de nuit qui lui rappelaient certaines conquêtes, ensuite il passait devant le vallon des Auffes, Malmousque, et redescendait vers la plage du Prado.

Même si elle le faisait flipper, il avait une certaine reconnaissance pour Angèle et même si son histoire était bidon, il lui devait une fière chandelle pour l'avoir sorti de son carcan. Le pédalage excessif lui faisait sécréter des endorphines des plus agressives qui soient. Cette dynamo lui balançait une électricité qui lui titillait les synapses en profondeur.

Sa réflexion devenait vraie, corticale, mais vis-à-vis d'Angèle, de moins en moins angélique. Il subodorait qu'il avait mis le pied dans un engrenage infernal. D'un autre côté, il ne pouvait pas ignorer le bonheur de se sentir vivant, et ça, c'était bien grâce à elle.

XV

Au volant de sa BMW, Raymond Samane piquait du nez. Cette soirée avec Angèle l'avait laminé. Il avait trop bu et s'en rendait compte maintenant. La somnolence le gagnait inexorablement. Il attrapa un cd de Francis Cabrel et le glissa dans la fente du lecteur. Il donna un léger coup d'accélérateur à la sortie du virage des Catalans, histoire de laisser entrer un semblant d'air frais dans sa puissante berline. Au même moment, l'« encre de tes yeux » se mit à couler de son autoradio, c'était une chanson qui collait à la réalité, sa réalité.

Raymond avait un fond romantique qui paradoxalement l'avait beaucoup desservi avec les femmes. Autant, il concluait des enquêtes criminelles au commissariat avec brio, autant avec les femmes il n'arrivait pas à conclure.

Sur la Corniche, le regard lointain il se laissait bercer par les virages, Endoume, le Prophète, David. Cette route, il aurait pu la faire les yeux fermés.

Le courant d'air que prodiguaient les vitres grandes ouvertes ne suffisait pas à refroidir sa carcasse. Il dégoulinait de sueur. Le souvenir d'Angèle était serti dans son crâne comme un diamant, un diamant pur, coupant, un diamant noir à mille facettes. Depuis sa rencontre avec elle, il ne savait pas comment s'y prendre pour la mettre dans son lit. En tous les cas, il voulait ne pas en faire trop, être patient, la laisser vivre, et le moment venu porter l'estocade. Cette approche, pseudo-délicate, était pour lui une torture sans nom. Raymond savait qu'il était faible, surtout avec elle qui profitait de la situation. Il jaugeait son ego dans les brumes alcoolisées et se dit une fois pour toutes qu'il ne céderait plus à toutes ses demandes.

Quand il lui apprit qu'il avait un gros bateau amarré dans le port, côté mairie, elle insista pour faire une promenade de nuit, elle lui avait susurré :

— Je trouve ça plus excitant, de voguer au gré de l'eau, sans personne, hormis les pêcheurs au lamparo !

Raymond eut un petit rire coquin, ses petits yeux de fouine derrière ses doubles foyers pétillaient de joie en se remémorant ce souvenir.

Finalement, elle l'avait eu sa ballade, elle avait même eu une petite initiation au pilotage de son cruiser de 8 mètres. Angèle comprenait vite. Elle au cabestan tenant le cap, et lui derrière, collé à elle, les mains posées sur les siennes tenaient le cap sous la ceinture.

C'était sympathique cette virée en bateau se dit-il, alors que l'air du large commençait à lui faire passer sa gueule de bois. Il passa la plage de la Pointe-Rouge, et bifurqua à gauche vers son immeuble qui jouxte la campagne Pastré. Une idée lui passa par la tête, après cette soirée arrosée tout s'embrouillait. Il se demandait pour quelle raison quand même elle lui avait demandé tous ces renseignements à propos de Richard. D'après elle, c'était pour mieux le connaître étant donné qu'elle lui avait déjà demandé de l'aide pour retrouver sa sœur.

Raymond tout en marchant vers la porte de son immeuble eut une moue dubitative qui fit onduler sa moustache dans tous les sens. Quand il appuya sur le bouton 16, l'ascenseur réagit sans bruit et l'emporta vers la cime. De là-haut, la vue était féerique, un panorama à 360 degrés, de la Corniche, jusqu'aux Goudes.

Dix minutes plus tard, il eut un petit coup de mou, et avant d'aller au lit, il but un dernier whisky dans son canapé, observant les lueurs des bars qui longent David, comme si c'était la dernière fois.

Détendu par le souvenir de sa bonne soirée, il posa le saphir sur le premier sillon de « Dark side of the Moon », il eut un petit sourire quand il entendit le craquement au début du premier morceau, il se souvint qu'il l'avait rayé le jour même où il l'avait acheté !

Pink Floyd dépassait de sa pile de vinyles, son choix n'était dicté que par ça, un défaut de rangement. Finalement il se dit que c'était une musique qui allait bien, une musique de circonstance au bout de cette nuit magique. Un peu sombre quand même, quand on sait les paroles de cet album, abordent les thèmes du conflit, de la cupidité, du temps qui s'écoule, de la mort et de la folie. La folie de Syd Barrett, le compositeur du groupe, en l'occurrence. Comme Angèle, la guitare de David Gilmour avait quelque chose de planant. Ses écouteurs bien vissés sur ses oreilles, il se laissa envahir par le côté sombre de l'album lunaire.

Inexorablement Raymond lâchait prise. Après s'être douché et lavé les dents, il passa une robe de chambre et s'effondra à nouveau sur son canapé. La musique saturée des synthétiseurs le faisait délirer comme jamais. Il tentait de se cramponner à sa journée, au commissariat, mais aucune prise ne s'offrait à lui. Un mur lisse devant ses yeux de têtard se dessinait, l'empêchant d'avancer ou de faire machine arrière. Il avait l'impression que ses muscles se paralysaient. Allongé, le regard fixe, il regardait la poignée dorée de la porte du salon et celle-ci avait l'air de s'ouvrir lentement comme par magie. Tétanisé il voulait se lever, mais il roulait sur lui-même. Quelque chose lui interdisant de bouger d'un millimètre.

Autour de lui, un espace vide et inconnu se comblait d'une torpeur morbide. Il avait l'impression que son sang se figeait dans ses veines. Saisi de picotements il se remontait la manche pour se gratter le bras et vit avec effroi que des sortes de petits vers s'agitaient, naviguant dans ses veines bleuies.

Ils trouvaient leur chemin comme des pirogues perdues, dans un dédale de ruisseaux amazoniens. Une heure plus tard, Raymond n'existait plus. Sur le cuir de buffle de son canapé, un tas de matière organique finissait de se faire dévorer. Le pauvre chef de la police, amoureux d'Angèle avait fini en compost.

XVI

José sortit de chez lui, Rue des Pistoles, dans le Vieux quartier du Panier. Il descendit en trottinant la Montée-des-Accoules. On était le 2 juin, et il tombait des cordes. Malgré cette pluie battante, il poursuivait sa dégringolade vers le vieux port. Il ne risquait pas de se faire écraser ici, les ruelles étaient si étroites que peu de véhicules s'y aventuraient.
Plus d'une centaine de marches à débouler et un dédale de rues à franchir, jusqu'à la rue de la loge.
Le sol était jonché de sacs d'ordures éventrés et il s'élevait des rues une odeur âcre, mélange d'humidité et de pisse.
Seul grand changement ici, la ville, qui s'était enfin décidée à rénover le quartier. Des maisons avaient été démolies. Les façades des autres étaient repeintes, en ocre et rose, avec des persiennes vertes ou bleues, style vénitien. Il était trop tôt, Jean ne serait certainement pas encore arrivé, il le savait.
Il avait quitté Rachel le cœur gros de lui avoir caché le terrible secret de sa découverte. Ils étaient assez emmerdés comme ça. Il passa devant un bistrot, mais il n'avait envie

de rien. José malgré son travail de pêcheur n'arrivait pas à subvenir aux besoins de sa famille.

Il aurait aimé avoir une autre vie, où il aurait pu boire des cafés, de vrais cafés, dans un vrai appartement, confortablement assis, avec Rachel et son fiston. Quand il arriva à proximité de la rue de la Loge près de la mairie, José repassait en boucle sa sortie en mer et sa ténébreuse pêche. Depuis cette tête, il n'était plus pareil, il ne pensait qu'à ça. Certes, il l'avait balancé à la mer, mais c'était la même chose, elle était passée entre ses mains. Surtout, il se souvenait de la discussion qu'il avait eue avec Jean, qui l'avait écouté avec autant de profondeur qu'un poulpe agrippé à son ancre.

Le jeune pêcheur abritait du soleil son visage anguleux grâce à une casquette bleue de l'OM, enfoncée jusqu'aux yeux. Il avait justement rendez-vous devant l'église Saint-Laurent, sur le Vieux-Port derrière la mairie. Quand il fut à une cinquantaine de mètres de là, il le vit, lui, le colosse rougeoyant et son Marcel légendaire. C'était comme un drapeau qui flottait sur la balustrade près de la passerelle du MUCEM. Un drapeau bleu, blanc et roux !

Jean s'approcha vers lui d'un pas décidé. Son imposante stature avait toujours eu un certain effet sur José, qui avait une corpulence plutôt maigrichonne.

Cette différence le complexait à mort. À côté de lui, il fallait qu'il lève la tête à se fatiguer les cervicales, pour entrevoir ses yeux bleus derrière des cils ocre semblables à des peignes.

— Salut Jean !

— Salut mon pote, et désolé pour l'autre jour, j'étais avec un ami de trente ans et quand tu es arrivé, il a fallu que je me casse rapidement !

— Tu me dis d'attendre et tu te casses, mais tu n'es vraiment qu'une merde, toi ! Depuis deux jours je rode comme un con, pour essayer de te voir, je t'appelle, tu es injoignable, tu m'as bien gonflé !

Jean se rapprocha de lui. La couleur de ses yeux avait changé. De couleur lagon, son bleu était devenu mer du Nord agitée. Jean, il ne fallait pas trop le gratter, sanguin, il devenait vite susceptible. José se rendait compte que ses paroles l'avaient contrarié.

— Petit avorton, tu crois que je suis à ta disposition ?

— Non, bien sur Jean, excuse-moi !

Genre, touchez ma bosse Monseigneur.

José sentait son haleine chaude aux relents de houblons, lui pénétrait les naseaux.

— Qu'est-ce qu'il y a de si important, accouche ou je t'en file une ?

José avait un accent corse à couper au couteau. Il regardait Jean, inquiet, en se grattant le bout de figatelli qui lui servait à respirer.

— J'ai péché une morte à l'île Maïre, putain !

— Quoi une morte ! Une femme ?

— Plutôt une tête de femme, le souci c'est que je crois que tu la connais.

— Tu déconnes ?

— Hé non je ne déconne pas. Regarde, j'ai pris une photo !

— Putain c'est Missa !

— C'est bien la fille qui était sur ton bateau vendredi et qui est partie quand je suis arrivé ?

— Oui, c'est bien elle. J'en étais sûr, je sentais qu'elle n'était pas bien en ce moment. Je te rassure, je la voyais pour des raisons professionnelles. Je te le dis avant que tu me poses des questions !

— On me connaît comme étant le corse le plus physionomiste de Marseille, mais là vraiment j'ai eu du mal à la remettre c'est vrai que des corps à la mer on en trouve parfois, mais que la tête !

Lui dit José.

— José, tu comprends que je n'ai rien à voir avec ça. Tu es allé à la police au moins ?

— J'ai pensé leur mener, et finalement je l'ai rejeté à l'eau c'était mieux pour tout le monde, pour elle, et pour moi.

— Dis-moi José, personne t'a vu, personne ne peut remonter jusqu'à toi ? Tu as fait attention quand tu as balancé la tête hors du bateau, personne ne t'a vu au moins ?

Cette fille doit être recherchée par sa famille à l'heure qu'il est, par la police aussi ! Tu me mets dans l'embarras José. Ce secret on va être obligé de le tenir serré entre nous, pour toujours. Le fait de m'en avoir parlé me rend complice de tes conneries et de ton manque de discernement !

— Tu peux comprendre que moi j'ai eu trop d'emmerdements avec les keufs, si je leur avais porté la tête sur un plateau, ils ne m'auraient plus lâché !

— Putain, cette photo est horrible, efface-la ?

Lui dit Jean la larme à l'œil.

XVII

Sur son canapé en velours Richard somnolait, paisiblement. Un rai de lumière poussiéreux tentait de le réveiller comme le doigt d'une fée posé tendrement sur son front. Cet après-midi, la lueur chaude et limpide qui coulait sur lui le rassurait. Le visage détendu, serein, était la preuve physique du bien-être qu'il ressentait. Le songe d'un après-midi d'été en quelque sorte l'envahit.

« Il se trouve dans un grand parc arboré. Un homme à moitié nu tourne lentement autour d'une fontaine. Cet homme à l'air déterminé, obstiné comme un saumon qui remonte la rivière. Il a l'air habité, mystique, digne d'un derviche en pleine transe. L'énergumène à l'air de vouloir remonter le temps en tournant dans le sens inverse des aiguilles d'une montre. La pluie n'a pas l'air de le perturber. Il doit certainement se dire qu'il peut le faire, remonter le temps n'est pas facile, mais ici, c'est possible, il peut y arriver. Il a tellement essayé auparavant sans succès qu'aujourd'hui il va encore faire une tentative pour repartir à l'envers. Les quelques passants qui traînent autour de lui ne le regardent même pas.

L'homme donne l'impression de surgir de nulle part et arbore une coiffure épaisse, longue, ondulée, poursuivie par une barbe mordorée de cent jours. Une femme menue arrête son pas devant lui. L'énergumène marche à une trentaine de mètres d'elle.

La petite créature vêtue de blanc ne peut plus le quitter du regard. Ses yeux, d'une couleur quasi surnaturelle, exacerbée par la pâleur de son teint fixent un endroit précis. Les arbres avec le petit vent qui naît frissonnent.

Cette femme autour de la cinquantaine semble être restée conditionnée par un phénomène de mode des années 1980. Elle a les cheveux très courts et porte en stigmate de sa jeunesse une androgynie qui lui donne des airs de David Bowie période berlinoise. Hormis ses cheveux courts, elle ressemble beaucoup à Hélène. Les gouttes qui s'arrachent des baleines de son parapluie clapotent sur son visage blanc et frêle. Elle reste sur place hallucinée, baisse le parapluie et finit de se faire arroser, perplexe. Que dire, que faire devant ce spectacle !

Elle a l'impression que cet homme est accroché à un tourniquet invisible, tellement les cercles qu'il décrit sont réguliers. Au bout de quelques minutes dans le froid, elle se décide à rompre le charme et s'avance vers lui. Elle traverse l'allée gravillonnée dans un craquement lugubre et se met sur la trajectoire de l'homme. Elle monte sur la margelle de la fontaine. Le centre de celle-ci est orné d'un gros poisson qui crache l'eau par trois jets puissants.

Maintenant elle est là ! Elle se tient sur l'orbite de l'individu et s'attend à une collision imminente. Sa peau moite et flétrie par le froid et la pluie capte des vibrations étranges. Excitée, elle est persuadée que c'est le rendez-vous de sa vie. Elle avait connu des cas difficiles, mais lui c'est différent il a quelque chose dans le regard que les autres n'ont pas. Il est maintenant diamétralement opposé à elle. Elle sait qu'il ne peut pas aller plus loin et attend docile et sereine le moment de la percussion. Le moment est proche. Il a presque fini son demi-tour et revient vers elle !

À l'instant ultime du choc, elle ferme les yeux ! Rien ne se passe ! Rien ! Elle reste encore comme ça, dans la même posture sous la pluie, les yeux fermés. Les gouttes occupent son visage et lui procurent un picotement régulier, agréable, une sensation qui la maintient dans une sorte d'état second. Comme les balais d'essuie-glaces dans une tempête ses cils évacuent le crachin par le coin des yeux, ses paupières se rétractent, le blanc apparaît, le bleu aussi.

La silhouette de l'homme se dessine lentement devant elle. Elle est en face d'un être, luisant, comme ciré, tellement que l'eau glisse sur lui. Elle a l'impression d'être devant Conan le barbare ! Compte tenu de la petite taille de la fille en blanc, la relativité est importante, l'homme est grand, mais sans plus ! Époustouflée par cet être si puissant et si délicat à la fois, elle se sent bien ! Bien comme elle ne l'a jamais été. Le Cro-Magnon moderne la transperce du regard, ils sont si proches maintenant que leurs lèvres palpitent. Un regard de pierre la transperce, elle se laisse faire…

Toutefois une chose la gêne vraiment, c'est le souffle chaud de l'homme qui lui arrive par bouffées. C'est une odeur particulière, une odeur du temps passé chargée de moisissure, qui lui donne l'impression d'être à la porte d'une porcherie ! Inconsciemment malgré cette répugnance, elle détecte chez lui quelque chose de familier quelque chose qui lui fait dire qu'elle le connaît.

Il l'impressionne et en même temps la rassure ! Cette sensation bizarre la tétanise, elle ne sait plus quoi faire et essaie de parler. Il passe lentement le dos de sa grosse main sur son front. Elle ne dit plus rien, elle ne réfléchit plus, le temps s'écoule. Déjà, une demi-heure est passée et autour de la fontaine de plus en plus de gens marchent, désordonnés comme des électrons libres. La petite femme observe le manège autour d'eux avec curiosité. Ils se trouvent isolés dans un espace protégé en quelque sorte, dans l'œil d'un cyclone particulier entouré de toutes sortes de particules humaines. Elle ne regarde pas le colosse quand il lui caresse le front et elle fait de petits mouvements de tête en direction des gens, comme un signal de détresse, en sachant pertinemment que personne ne fera rien, personne n'a l'air de faire cas de la situation.

La petite main entre dans la grosse, la finesse dans la rugosité, le réel dans le fantastique. Un courant s'établit à ce moment comme si l'homme était une extension de son corps, elle reste coite, bouche bée ! Elle tente de le bouger en tirant sur son bras, mais rien n'y fait. Quelques secondes plus tard, alors qu'elle ne sait plus comment faire, l'homme commence à se dégager de son cercle infernal et la suit comme un animal de compagnie… Soudain changement décor ! Son rêve bascule. Il se trouve dans un conte, la Belle et la Bête peut-être !

Hélène, sa très chère Hélène avait retrouvé sa longue chevelure rousse et bouclée, allongée sur un lit de rêve, la tête posée sur un oreiller moelleux. Ses joues étaient rouges et luisantes comme une belle pomme et ses yeux de biche s'entrouvraient, alanguis ayant l'air de lui faire passer un message.

De sa bouche vermeille ne sortait aucun son, elle avait l'air cousue par le diable, seuls des petits mouvements de tête résiduels subsistaient.

Richard devait comprendre quelque chose, mais quoi ? Soudain un faune sorti de nulle part tira violemment le bras d'Hélène et elle disparut dans le trottinement des sabots du monstre.

Richard se réveilla en sursaut et se souvint de cet étrange rêve. Son subconscient s'était servi d'Hélène pour lui dire de faire attention que le danger était imminent, proche, comme le révélateur puissant d'une menace !
Richard avait toujours su qu'il n'était pas un saumon, mais comme ce dernier, il remontait une sorte de rivière. Un chemin labyrinthique qui le mènerait à la source, à la vérité. Il fallait en premier lieu qu'il arrête de voir Angèle, de toute urgence.
Quelques jours après son rêve épique et n'ayant aucune nouvelle de Jean, Richard se décida à l'appeler.
— Bon, on se le boit ce coup, sur le bateau. J'aimerais bien rencontrer ta dulcinée ?
— Richard, je suis complètement détruit, elle est morte, on a retrouvé sa tête au large de l'île Maïre.
Je ne dois en parler à personne, mais ce n'est pas possible, je suis trop angoissé.
Jean lui apprit que c'était José son copain corse qui l'avait remonté dans ses filets.
La black aux formes callipyges qui lui avait changé la vie et qui lui avait enlevé toute culpabilité sur la mort d'Hélène était au cœur de sa réflexion de Richard.

Il décida de ne rien dire à Angèle.

De toute manière personne n'avait vu la tête de Missa à part l'homme qui l'avait repêché. Jean lui signala que son copain l'avait rejeté à la mer, par peur de la police. La sœur décapitée continuerait près de l'île Maïre son nettoyage de peau jusqu'à disparaître totalement

XVIII

Un soir, alors qu'il se rendait chez lui, Richard croisa Angèle dans le couloir. Elle tentait de relever le courrier de sa boîte aux lettres, mais la clé donnait quelques signes de fatigue.

Il prit les choses en main et lui ouvrit la porte en un éclair. Ce qu'il redoutait le plus arrivait, se retrouver en face d'elle. Cette femme qui avait mis le feu à sa citadelle imprenable. Cette noire ébouriffée qui lui avait extirpé son malaise sur la mort d'Hélène comme si elle l'avait opéré d'un kyste. Maintenant il était bien, il était guéri, si ce n'était la cicatrice qui lui tirait de temps en temps.

Ces grands yeux le regardaient pleins de gratitude, elle ne parlait pas, mais de l'arythmie de ses battements de cils comparable à un message codé en morse, il comprit à ce moment-là, qu'il allait passer à la casserole.

Elle l'invita à manger chez elle, le soir même, sans qu'il puisse dire quoi que ce soit. Ce n'était pas un ordre, mais Richard se rendait compte qu'il ne pouvait pas lutter. Il se méfiait de tout venant d'elle, pourtant doucement, dans le fauteuil qui l'avait accueilli « accoudoirs grands ouverts » pour cette séance d'hypnose machiavélique, il se sentait serein. En cet instant, il était totalement détendu en regardant tous ces masques horribles qui tapissaient les murs. L'odeur d'un fumet délicat flottait dans l'air et lui chatouillait les narines.

Elle avait préparé un « Rougail- Saucisse » à réveiller un mort. Dès la première bouchée, Richard ne sentit plus sa langue. Sous l'effet des épices, les papilles réclamaient d'urgence du liquide pour éteindre le feu, et Angèle comme un pompier pyromane lui servait un rouge à bonne température. Une lumière incandescente inondait la soirée, la chaleur régnait. Angèle se dévêtait de plus en plus et leurs langues se déliaient comme des serpents. Jamais ils ne s'étaient vus dans cet état. Angèle n'arrêtait pas de rire des blagues de Richard, et le Rougail avait fini par capituler.

Angèle au moment de s'asseoir plus près de lui faillit tomber. Il la rattrapa au vol et un fou rire s'en suivit.

Il la récupéra par les aisselles, ses mains avaient l'impression de s'allonger pour sentir encore plus de peau. Elle se colla à lui et une avalanche, une coulée de bien-être les submergèrent. Leurs langues se mêlèrent dans un assaisonnement mutuel d'effluves lointains. Ils se déshabillèrent, toujours collés comme deux arapèdes. Heureusement pour eux, la chambre n'était pas loin.

Ils se jetèrent sur le lit comme des morts de faim, et Richard fut le témoin privilégié de la résurrection de son sexe. Au moment de la pénétrer, un neurone lui signala un danger, mais il n'était plus en état de lui répondre. Quand il entra en elle, il eut l'impression de se perdre. Non pas dans l'espace qu'elle lui offrait et qui était tout à fait convenable, mais plutôt d'une peur de l'inconnu. Il poussait son sexe de plus en plus fort, de plus en plus loin au gré des gémissements saccadés d'Angèle. Ils s'endormirent autour de minuit, enlacés, repus.

Le matin Richard cherchait ses repères, ses babouches avaient disparu et puis la panique s'estompa et tout lui revint. Il détourna la tête, une boule noire inerte laissait chuinter un petit ronflement.

Il se leva content de lui, content de ses prouesses sexuelles pour son âge. Il se demanda si sa partenaire avait aimé, il connaissait la réponse. Ce n'était qu'une question pour faire plaisir à son ego de mâle sur le retour. Il jeta un coup d'œil machinal par la fenêtre, la rue de la république était bien là, plus grosse d'un étage. Au petit matin, aucun bruit dans l'appartement ne venait perturber la quiétude du lieu. Richard se recoucha encore quelques instants, se blottit contre elle. Il n'y avait plus de danger imminent, le volcan était tout simplement endormi et son lit était chaud comme la lave. Avec toute cette folie nocturne, Angèle lui avait presque fait oublier que dans quelques heures avaient lieu les obsèques de son chef, Raymond Samane.

Il se leva discrètement et s'habilla. Au moment de la quitter et d'ouvrir la porte, il hésita, elle dormait si bien que ce n'était pas la peine de la réveiller. La porte émit un petit couinement quand il l'ouvrit, et le volcan éructa :

— Tu ne me dis pas au revoir ?

Dit-elle en ouvrant un œil

— Je ne voulais pas te réveiller, je t'aurais rappelé plus tard. Je vais à l'enterrement de mon patron ce matin, je n'en ai pas trop envie, à vrai dire j'aurai préféré rester avec toi !

— Tes bras vont me manquer et le reste aussi ! C'était bien hier soir, non ?

Lui dit en minaudant Angèle.

Elle aussi connaissait la réponse, mais elle avait besoin que Richard lui dise !

— Pas mal !

Répondit-il avec un petit sourire qui en disait long.

Il gravit l'étage qui le mena chez lui. Il se disait que trouver une femme était en soi inespéré, mais qu'elle habite juste en dessous était presque anormal.

XIX

Le lendemain matin, encore imprégné de l'odeur d'Angèle, Richard se leva et se changea vite fait. Il enfila une chemise blanche, un costume noir en alpaga qu'il n'avait plus mis depuis belle lurette. Avec ses lunettes et ses chaussures noires cirées, il ressemblait plus à un maquereau qu'à un mulet. Après une petite marche bien rapide, il arriva au cimetière transpirant, émoustillé de la veille. Au loin, un peu en retrait, des proches du commissaire commençaient à se placer autour de la tombe. Il entrevit Jean qui regardait dans tous les sens certainement à sa recherche. Il était venu ici parce que Richard lui avait demandé, mais il ne connaissait personne, son cercle à lui c'était plutôt les joueurs de belote du Beau Rivage, pas les flics. L'homme tatoué avait un habillement pas très approprié pour un enterrement. Il était vêtu comme un chasseur en embuscade, avec une veste bariolée kaki un peu de la même couleur que son bateau. Richard se dit que ce con sentait son bateau à plein nez, et en plus en avait la couleur, le vrai paysan se dit-il.

Quand il aperçut Richard, il lui fit des signes de bras plus discrets que ceux d'un aiguilleur du ciel surbooké. Celui-ci ne le regardait pas, il devait avoir trop honte. Il se força, à faire le vide autour de lui, à oublier pour un moment le rouquin, s'occupant à montrer de l'empathie pour la famille du mort.

Il serrait des mains, embrassait des joues humides sans un mot, le regard absent. Quand il s'approcha de Jean, il constata qu'il avait les mains dans les poches et qu'il n'arrêtait pas de tripoter quelque chose. Richard ne voyait pas ce qu'il pouvait tripoter d'autre que son sexe, c'était gênant. En fait quand il arriva près de lui, il s'aperçut qu'il triturait la photo morbide de sa gazelle comme il l'appelait, la pauvre Missa.

Jean sentait une odeur bizarre, il avait l'air de suinter du pétrole. Son chapeau à large bord avait l'air de tenir en appui sur ses ray-ban noires. Il était dix heures et une foule silencieuse arpentait les allées du cimetière Saint-Pierre, comme des morts vivants.

Richard fit un signe de tête à Jean, et ils se dirigèrent vers une sorte de promontoire, un peu en retrait de la foule.

Ensuite, ils s'arrachèrent de la bouche quelques mots, tête baissée comme des gens qui ont quelques choses à se reprocher. Peut-être que c'était le cas. Jean lui dit qu'il ne se sentait pas dans son élément ici, entouré de flics et de morts. Il précisa qu'il préférait quand même les morts à la flicaille.

Richard le recadra en lui serrant fortement la main, il lui dit que ce n'était pas le moment de déconner.

— Jean, tu tripotes quoi dans ta poche, s'il te plaît, tu commences vraiment à me gonfler !

Jean tremblant, sortit la photo froissée de son pantalon. Il la tenait dans la paume de sa main incurvée vers lui, en jetant des regards furtifs de gauche à droite, et le plus discrètement possible et la lui montra.

Plus aucun doute n'était possible, Richard était certain que c'était Missa. Il l'avait vue encadrée dans le salon d'Angèle, entourée de la cohorte de masques africains. C'était la seule représentation humaine sur les murs d'Angèle.

Richard se demandait pour quelle raison sa voisine n'avait aucune autre photo de sa vie passée, à part sa sœur, personne ne comptait pour elle, peut-être. Il espérait qu'un jour elle mette une photo de lui, sur un mur dans son salon. Cette nuit d'extase l'avait totalement chamboulé, il était loin d'imaginer qu'il eut pu encore tomber amoureux, mais actuellement c'était le cas.

Le cortège se disloqua et se mit à s'arrondir autour de la tombe. Un trou en contrebas attendait la mise en bière du patron de Richard, comme s'il lui tendait les bras, avec ses monticules de terre sur les côtés. Autour tout n'était que murmure, de reniflements, de mouchoirs froissés et de petits rires nerveux. L'ensemble donnait l'impression d'un ronronnement étouffé, qui avait l'air de faire concurrence aux cigales.

La foule disséminée s'était organisée en cercles concentriques autour du défunt. Cela faisait penser à une représentation macabre dans un cirque antique.

Richard avait horreur des fleurs sur les tombes qui diffusaient d'après lui, l'odeur âcre et pestilentielle de la décomposition.

Wilson s'était rapproché de Richard par une sorte de fraternité corporatiste.

Celui-ci n'arrêtait pas de tripoter sa moustache de gaulois et il se collait le plus possible à Richard comme s'il avait peur de quelque chose. Richard le trouvait un peu envahissant, mais c'était un ami sur qui on pouvait compter. Il lui pardonnait tout, sentant qu'il était complexé devant lui. Wilson lui avait toujours voué une sorte de vénération. Richard fut son supérieur au commissariat et il lui avait tout appris.

Ses deux comparses, si différents, étaient là autour de lui, l'un fiable, l'autre moins. Il est vrai qu'il n'avait pas totalement cerné la personnalité de Jean, et le mystère qui l'entourait. Le meurtrier de sa femme, d'après Angèle ? Il en doutait.

C'était peut-être un manipulateur qui jouait avec ses nerfs. Richard le voyait plus probablement comme un homme désespéré. Richard en savait quelque chose du désespoir, ce fardeau qu'il avait tiré, jusqu'à aujourd'hui, jusqu'à ce qu'Angèle le libère de ses chaînes.

Avec la chaleur étouffante, les deux rouquins aux aisselles farouches exhalaient des effluves d'un autre monde, masquant l'odeur âcre des fleurs, que Richard détestait.

Raymond Samane leur chef autoritaire, fleur bleue de temps en temps, était dans cette boîte à quelques mètres d'eux. Sa mort n'avait été comprise par personne. Même les médecins légistes n'avaient jamais eu, d'annales de dépeceurs de cadavres, un cas pareil.

Ils étaient restés très flou, n'ayant jamais rien vu de pareil. L'esprit rationnel nécessaire à cette profession était parti en lambeau. Il ne restait rien du pauvre homme, à part un tas de vers. En général, on sait que le système de décomposition et la découverte de vers datent l'heure de la mort d'un individu.

Dans le cas présent c'était différent, les mouches avaient dû pondre les œufs avant sa mort. Les vers l'avaient dévoré ante mortem ! Ceux-ci étaient la cause de sa mort et pas la conséquence. Ils avaient agi en commando, et s'étaient reproduits pour absorber la chair de Samane.

Wilson repensait à cette autopsie et avait les yeux rougis par le chagrin. Il luttait pour ne pas pleurer. Richard lui fit passer un mouchoir froissé, dans la même gestuelle que les dealers qu'ils arrêtaient jadis, en se faisant passer discrètement un sachet d'héroïne.

Wilson le regarda et lui dit :

— Jamais je n'aurais pensé qu'il finisse comme ça, c'est terrible ! Je ne comprends pas ! Il avait l'air bien en ce moment. Pauvre mec il s'est tellement fait rouler par les femmes, que j'ai de la peine pour lui. En tous les cas, il avait rencontré quelqu'un qui le rendait heureux et paf ! Il n'a jamais eu de cul Raymond, non ?

— Ah oui ?

— Il m'en avait parlé vaguement, tu sais il ne parlait pas trop de ces choses ! L'autre soir, il s'est pomponné comme une midinette dans le vestiaire du commissariat, à mon avis il avait un rendez-vous galant !

Dit Wilson le regard empesé d'érotisme.

— C'était quand ?

— Je ne sais pas, une semaine peut-être. Il me la dit sur un ton tellement exalté, que ça m'a surpris. Je ne l'avais jamais vu comme ça. Il m'a dit qu'il allait apprendre à piloter son bateau à une amie, avec une excitation qui se lisait sur les lèvres !

— Et cette fille on sait qui c'est ?

— Non, il m'a dit qu'elle était black, mais je n'en sais pas plus ! En tous les cas elle ne s'est jamais manifestée.

— C'est peut-être la dernière personne qui a vu Samane de son vivant, il fallait la rechercher ! Putain ! C'est toi qui fais le job maintenant, il faut te jeter dans le bain. je ne suis plus là, à t'envoyer des bouées quand tu te noies dans tes affaires, il faut que tu te démerdes seul ! Au fait je ne savais pas que Raymond avait un bateau ?

— Tu ne le savais pas, déconne pas ? Un sacré de bateau, en plus !

— Tu as parlé à la personne chargée de l'enquête de tout ce que tu me racontes au moins ?

— Il n'y a pas eu d'enquête mon beau, ils ont classé l'affaire faute de preuves !

Richard n'arrivait pas à s'enlever de la tête que l'amie noire de Raymond et la tête retrouvée au large par José étaient la même personne. Une intuition.

— Wilson tu m'as dit que cette fille était introuvable et qu'elle ne se soit pas manifestée je trouve ça bizarre. Tu ne crois pas que ça pourrait être la morte retrouvée en mer ?

— Vous êtes plein de conneries tous les deux ! La fille sortie de l'eau c'était Missa ! elle était amoureuse de moi et ne serait jamais partie avec quelqu'un d'autre !

Répondit Jean énervé.

Richard réfléchissait de plus en plus mal. Depuis sa soirée torride avec Angèle, il avait changé sa façon de voir les choses.

Une force le poussait à le convaincre que Jean était le responsable de la mort d'Hélène. Angèle lui avait planté ce clou dans le cerveau et il n'y pouvait rien.

Et dire que je suis allé pêcher avec lui ? Se dit-il en dodelinant de la tête les yeux plissés, comme s'il voulait donner l'expression de la souffrance de son ego.

La copine « black » de Samane était un nouveau problème et il tentait par tous les moyens de ne pas faire le rapprochement pour l'heure avec la disparition de Missa.

Il voulait surtout éviter de penser que la noire en question, celle que ce pauvre Raymond avait baladée en pleine nuit sur son bateau, pouvait s'appeler Angèle !

La culpabilité de Jean avait rempli l'espace de son cerveau, il avait vu son collier sur le bateau et pour lui c'était suffisant. Finalement Angèle avait raison, il avait retrouvé l'homme qui avait tué Hélène il y a trente ans, et qui maintenant avait récidivé avec sa sœur.

Pourtant quelque chose le turlupinait, un grain de sable vicieux qui faisait grincer sa machine cérébrale.

Richard tourna la tête vers Jean. Celui-ci regardait l'horizon comme perdu en pleine mer, les mains croisées dans le dos, les jambes à peine écartées. Il aurait pu rester des heures ainsi. Richard était perdu dans ses pensées. Des pensées sans ordre, comme souvent chaotiques, et forcément liées à Angèle.

Il changeait d'avis comme de chemise, si bien que maintenant, il pensait que la mort de Samane était signée par sa voisine du troisième, celle qu'il avait aimée toute la nuit.

Dans les pins, les cigales se réveillaient comme pour participer à la cérémonie. Celles-ci égrenaient une sorte d'hymne provençal lancinant, propice au recueillement.

Après l'enterrement, les trois hommes avaient quitté le cimetière discrètement. À peine le cercueil glissé dans le tombeau, le prêtre fit une bénédiction. Pour un homme qui était en bouillie, les prières avaient été brèves.

Le cercle autour de la tombe se déforma lentement jusqu'à se désagréger totalement.

Des chuchotements, des bruits de pieds, des reniflements et les pleurs de certaines femmes qui auraient pu être intimes. En dehors du fait qu'il était lourd et pédant, Raymond était attachant. Les plus proches restèrent un peu plus et ils lui rendirent en aparté un ultime hommage.

Dans ce champ de tombes, chacun avait dans sa tête l'incompréhension de cette mort, tout le monde cherchait inconsciemment un coupable dans la foule et une intense suspicion ne cessait de rôder depuis la panique occasionnée par l'affreuse découverte du canapé plein de vers !

Lorsqu'il était allongé près d'Angèle hier soir et après avoir fait l'amour comme des loutres, Richard aussitôt endormi s'enfonça dans un cauchemar sans fin. Il voyait sa belle ébène dans un décor moyenâgeux.

Elle avançait vers lui, le bras tendu, tenant par les cheveux une tête sanguinolente. Tous les gens autour d'eux, l'appelaient, scandaient « Gloire à la reine des vers », comme est célébré un footballeur qui marque un but en fin de partie dans un stade surchauffé. Il se réveilla en sursaut content d'être revenu à la réalité. Il restait l'empreinte du corps chaud d'Angèle à côté de lui. Le silence du lieu mortifère donnait à Richard des pouvoirs qui lui-même ne pouvait imaginer. Il sentait des choses maintenant, il sentait Angèle comme un loup sent sa proie.

 Il était persuadé qu'elle était là, tapie comme une panthère noire.

Il se demandait comment il pourrait échapper à son emprise et pensait à Jean et à Wilson, les deux zigotos qui étaient devenus ses amis de circonstance. Pourraient-ils vraiment l'aider à se dépatouiller de cet infâme salmigondis ? Il en doutait un peu, à vrai dire !

Plût à Dieu qu'il l'eût laissé effectuer ces recherches par eux-mêmes, au moins Richard n'aurait pas été obligé de porter si longtemps ce secret.

S'il s'était résolu à parler à Wilson, c'était pour connaître la vérité même si elle faisait mal parfois. Il se demandait dans ce paradoxe ce qui était le mieux : une fausse vérité, ou un vrai mensonge.

Il n'y a qu'un seul monde et il est faux, cruel, contradictoire, séduisant et dépourvu de sens. Ce monde ainsi constitué est le monde réel. Nous avons besoin de mensonges pour conquérir cette réalité, cette "vérité".

Richard n'avait pas l'habitude de citer des auteurs, mais là cette citation de Nietzsche donnait sens.

Il avait peur de redevenir comme avant, peur d'être désenvoûté, peur que son bien-être ne dure pas et qu'il retrouve sa vie de mourant, muré au quatrième étage de son immeuble.

Clair, adepte de la transparence dans tous les cas, il voulait n'avoir plus jamais rien à cacher. Pourtant un mensonge par omission est un mensonge. Il n'avait rien dit sur la peur qui rôdait entre le troisième et le quatrième étage de son immeuble.

XX

La partie irrationnelle de Richard enflait à vue d'œil, et il ne restait presque plus rien de sa perspicacité légendaire. Il s'en rendait compte et l'envie de se livrer à quelqu'un devenait de plus en plus prégnante. L'impression d'être une marionnette au bout de quelques fils tirés par l'inconnu, lui effleura l'esprit. Mis à part se confesser à un prêtre pour des pêchés qu'il n'avait pas commis, la marge était faible. Jean et Angèle pouvaient être l'un ou l'autre l'assassin, ou les deux, qui sait ?

Il ne voyait que Wilson pour l'aider objectivement.

Donc le lendemain de l'enterrement, il l'appela et lui donna rendez-vous dans un bar près de chez lui à Endoume.

Assis à la terrasse d'un bar de la rue Boudouresque, celle qui descend vers Malmousque, Richard fut pris d'un gros coup de mou, cette histoire le rendait malade. Il était venu plus tôt et maintenant il rongeait son frein en l'attendant.

Il dessinait avec ses ongles des motifs sculpturaux incrustés sur la petite table en bois. Depuis qu'il avait caressé Angèle, ses mains paraissaient plus maigres et plus longues. Il aimait bien le labyrinthe de veines qui s'y propageaient, toutes ces petites sources qui remontaient vers le cœur.

Il pensa un instant au rêve farfelu qu'il avait fait avec ces saumons qui remontaient le courant. Pour le reste, il avait des doutes sérieux. Pourquoi toujours penser à la mort de son directeur comme si elle était liée à son histoire.

Bien sûr, ce n'était pas Wilson qui allait lui redonner le moral ni résoudre le mystère d'Angèle, mais il avait besoin d'une complicité. Il fallait qu'il partage ses tourments avec quelqu'un de confiance, et il n'avait pas trouvé mieux que lui. Wilson était un homme intègre qui pourrait faire n'importe quoi pour lui. Discret, de taille moyenne, une moustache rousse qui lui obscurcissait la bouche, il était normal, presque à l'excès. Tout son être respirait une bonhomie naturelle. C'était le genre de personne qui donne envie de parler, même si l'on n'a rien à dire.

Arrondi autant de corps que de visage, il ressemblait plus à Nounours qu'à James Bond, et en cela il n'était pas forcement le gars idéal pour une chasse à l'homme.

Richard se rendait compte qu'il n'y avait que lui en rayon ! Dans des temps préhistoriques, Wilson aurait été simplement cueilleur, il aurait grimpé aux arbres pour faire tomber les fruits, mais n'aurait pas pu tuer le moindre animal.

Richard bougeait ses mains tout en délicatesse, une délicatesse nerveuse. Il les tendait doucement et sentait qu'Angèle était là, au bout de ses doigts. Triturant machinalement la bague en argent qu'elle lui avait offerte au cours de la soirée « Rougail Saucisse », une bague traversée de fils d'or entremêlés, mi- Haïtienne, mi- Africaine, il avait l'air d'être parti dans un autre monde. Certes, sa femme n'était pas loin de lui. Hélène se montrait de temps en temps au gré de ses humeurs, mais elle ne demandait plus rien, elle était sereine, elle devait savoir que Richard allait mettre la main sur son assassin. Grâce à Angèle sans doute qui l'avait libérée de l'errance terrestre, et qui lui avait offert un aller simple vers le paradis.

Ce pauvre Richard n'était pas à une contradiction près. Il effaça d'un coup rapide tout son dessin et réalisa qu'il avait complètement raté sa déesse. Il fut pris d'une convulsion qui le fit trembler des pieds à la tête.

Sans arrêt il avait ces coups d'énervement et d'impuissance rageuse. Il se disait que c'était facile de caricaturer Wilson. Mais lui ? Qu'était-il d'autre qu'un vieux policier, chiant, prototype de l'enculage de mouche, produit de base de la société, pauvre mec aux espoirs défaits, accrochant ses rêves maudits à une bague en argent comme à un portemanteau.

Il avait été dépossédé hier d'Hélène et il se faisait posséder maintenant par sa sorcière de voisine de laquelle il était tombé amoureux, comme un con.

Vraiment, Wilson n'avait rien à lui envier. Richard leva la tête comme pour déverser vers l'arrière tout son ramassis de pensées de merde. De l'autre côté de la rue, un fleuriste sortait des pots bigrement colorés sur le trottoir. Richard n'aimait pas les fleuristes. Ça le rendait triste.

Passant devant celui-ci, progressant à grands pas et tranquille comme Baptiste, arrivait le gaulois cueilleur. Richard lui sourit. Toujours roux évidemment, les cheveux trop épais pour être correctement coiffés, il portait ces éternelles sandales en cuir que Richard détestait. En tous les cas, lui était précis au rendez-vous.

En dehors du commissariat, les jours de repos, il s'habillait vraiment comme un plouc, bermuda à carreaux, tee-shirts criards, bref c'était une transformation totale. On ne sait pas comment Wilson réussissait à donner cette impression d'élégante nonchalance avec ce manque de goût vestimentaire. Peut-être un reste de snobisme anglais.

De toute façon, qu'on fût rustique ou raffiné, qu'on fût large ou mince, on se retrouvait attablé dans ce café sordide. Comme quoi rien n'avait à voir avec rien se dit Richard en pleine panique de cerveau.

— Tu t'es rasé la barbe pour moi ?

Demanda Richard en rigolant.

— C'est ça, moque toi !

— Écoute Wil, j'ai vraiment besoin de toi, je ne sais pas à qui me confier, tu sais bien qu'à part toi je n'ai personne !

— Merci pour la confiance, je n'en demandais pas tant. Qu'est-ce que tu as fait à tes mains ?

Richard regarda ses ongles noirs

— J'ai dessiné un truc sur la table en t'attendant.

— Tu m'as l'air inquiet !

Lui bredouilla Wilson.

— À vrai dire si je t'ai demandé de venir c'est pour avoir un peu plus de détails sur la femme qui a essayé le bateau de Samane, j'ai bien peur de la connaître.

Lui répondit Richard dans chuchotement feutré.

— En déconnant, l'autre soir, juste avant de partir à son rendez-vous, il m'a parlé d'elle dit en me disant qu'elle était envoûtante et que c'était une véritable bombe. En fait, tu le connais, il parlait comme ça de toutes les femmes. Mais là, il était un peu plus enflammé que d'habitude on va dire.

— C'est Angèle ! J'en suis sûr !

— Calme-toi, il y a bien une chance sur mille que ce soit ta voisine et le fait qu'elle soit noire ne prouve rien non plus. Une femme qu'il qualifie d'envoûtante n'est pas venant de lui quelque chose d'extraordinaire. Tu le connais, il saute sur tout ce qui bouge, enfin plutôt il essaye !

— Tu parles de lui au présent ? Alors qu'il s'est fait bouloter par les vers jusqu'au trognon ! Tu es vraiment un mec bizarre toi ! Bon, ce n'est pas grave. Figure-toi que depuis que j'ai couché avec elle je ne sais plus ce que je fais, j'ai totalement perdu mon libre arbitre, je suis comme une poule devant un couteau ! Bien que je rejette cette idée de tout mon être, au fond de moi je pense que c'est elle qui a tué sa sœur !

— Déconne pas c'est vrai ! Tu l'as baisée ?

Bon ça va, de tout ce que je te dis c'est ce que tu retiens, tu es vraiment un sale mec ! Et fait moi plaisir ce n'est pas la peine d'épiloguer là-dessus, je préfère simplement entendre ton point de vue, d'accord ?

Lui répondit Richard en rigolant.

— Ce n'est pas elle qui l'a tué parce notre pauvre Raymond s'est fait bouffer ! Tu comprends, il s'est fait bouffer !

Lui répondit Wilson excédé.

— Angèle est capable de tout, j'en suis la preuve, elle m'a complètement retourné le cerveau. Cette femme à des pouvoirs diaboliques, je te le dis, j'ai vécu des choses tellement bizarres avec elle, que tu peux me croire !

Parla Richard, comme envoûté.

— Tu sais ce qu'on devrait faire ?

Dit Wilson mystérieux

— Non !

— On devrait aller visiter le bateau avant que la police ne rapplique. Peut-être qu'on y trouvera quelque chose ! Pourquoi tu n'en parlerais pas à Jean, il pourra être utile. Et puis c'est quand même plus sympa de faire une virée à trois, non ?

— Pourquoi pas ! En tous les cas j'aimerais que ce que je t'ai dit à propos de ma relation avec Angèle reste entre nous.

Après avoir palabré de leurs points de vue, Richard, classa l'affaire au purgatoire de son esprit. En ce moment, avec ses périodes de doute, tout ce qui passait par cet endroit finissait après un laps de temps assez bref, par tomber dans les tiroirs inaccessibles de sa mémoire.

Wilson fut touché par la confiance que Richard lui témoignait.

De cette confidence, il entrevoyait quelque chose de malsain d'impalpable, comme si Richard lui avait refilé une sorte de grippe contagieuse, il était maintenant dans le cercle d'Angèle et il ne le savait pas encore.

Il pensait à un mal manifestement inhérent à des rites païens, vaudou, ou autres, qui ne faisaient pas partie de sa culture.

Cette impression lui fut confirmée par un ensemble systématique de faits indépendants qu'il avait notés, de certaines légendes rapportées de-ci de-là par son ami Richard.

Curieux et pour mieux comprendre, Wilson était même allé faire des recherches à la bibliothèque de l'Alcazar, dans les rayons dédiés à l'ésotérisme.

XXI

Il y avait de l'orage dans l'air, la nuit où Richard se rendit sur le cabin-cruiser de Raymond Samane. Celui-ci était amarré près du fort Saint-Jean.

Richard n'était pas venu seul, car la témérité chez lui ne se mêlait pas encore à cet amour du grotesque et de l'horrible qui avait fait de lui un éternel policier raté.

Cette nuit, il était en quête de ce qu'il y avait de plus étrange et de plus terrible dans la vie, le doute. Il se demandait comment s'était-il fait piéger par Angèle à ce point, il ne pouvait même pas admettre ce questionnement à son propos.

Celle qui pouvait être si douce, pouvait-elle être un monstre ? Cette question le taraudait. Aujourd'hui il était là avec ses deux compères d'équipée, pour tenter de faire éclater la vérité. Wilson et Jean plus roux que jamais, l'air chafouin, et à voir leur allure pataude, ils étaient plutôt foin que chat. Richard comptait surtout sur Wilson qui se serait coupé la main pour lui. Quant à Jean, même s'il avait accepté de venir spontanément, il avait quelques réserves le concernant. Il pensait à juste titre que si le colosse tatoué avait quelque chose à se reprocher, il s'en apercevrait d'autant plus facilement s'il était près de lui.

Ils avaient tous les deux les épaules solides en cas de pépin, une certaine habitude de ce genre d'expéditions nocturnes pour lesquelles ils convenaient parfaitement.

Richard ne s'était pas senti de faire cette virée, tout seul, et il avait donné rendez-vous sur le bateau de Jean à 23 heures. Il préférait cela. Une rencontre en terre inconnue, même si elle ne l'était pas tout à fait, c'était mieux que chez lui, il n'avait pas fait le ménage et ça le gênait un peu. Entre discutions productives et bavardages oiseux, les trois spécimens que tout opposait, finissaient par se trouver quelques affinités après quelques verres de vodka.

L'opacité poisseuse des verres stigmatisait Jean. Il n'était pas lui, un adepte de la transparence, sous toutes ses formes. Vers deux heures ils partirent du bateau de Jean, un peu déchirés en fredonnant « Fly me to the moon » en direction de celui de Samane de l'autre côté du port. Mais leur bonne humeur était décroissante tout le long du chemin. La nuit, sans la foule habituelle des poissonniers et des badauds, l'aspect du port était devenu beaucoup plus sinistre et inquiétant. Après le 15 août, les nuits étaient un peu plus fraîches ou plus exactement un peu moins chaudes. En passant sous l'ombrine du vieux port, trois reflets sur la tôle du toit, blafards, éclairés par un réverbère économique, ramenèrent les trois lascars à une question existentielle :

Verra-t-on le même nombre de silhouettes au retour ? marmonna Wilson dans sa moustache de morse.

Le paysage n'était vraiment pas agréable, les restaurants avaient tiré le rideau, et les trois comparses marchaient vers le quai des Belges, collés comme s'ils avaient remarqué une apparente morbidité à ce décor Pagnolesque, en ignorant tout de la peur qui y rôdait. Il n'y avait pas de monstres, pas de vers géants non plus comme dans Dune, pourtant ils étaient blottis comme s'ils étaient au voisinage de la mort.

Plus loin, sur le quai, les vieilles pierres de la maison diamantée avaient l'air de se détacher comme par magie, leurs pointes dirigées vers eux comme des poignards. Le fort Saint-Jean en bout du port semblait frappé par une lueur sourde et bleutée étrangement sortie d'un rêve tordu.

Le reste de la jetée déroulait son tapis de mer, tandis que de curieux animaux colorés créés par des artistes fiévreux hérissaient le large trottoir.

Richard pensait aux journaux qui avaient publié la tuerie de la Pointe-Rouge et qui, pour la première fois avait attiré l'attention du monde, sur la région, d'une autre manière que politique.

Wilson avait chuchoté :

— Il est là !

Ils s'arrêtèrent tous les trois comme un seul homme. La musique baroque d'un petit clapotis bien glauque accompagnait les paroles du policier. Quand il avait vu l'engin de Samane, Jean fut pris d'une bouffée délirante et devint carrément jaloux de cette merveille. En comparaison avec son bateau kaki, il n'y avait pas photo.

Il pensait qu'il aurait pu faire une bonne prestation dans un film de James Bond.

— J'aimerais bien le récupérer ce rafiot, putain ! dit Jean à Richard dans la pénombre

— Ce n'est pas dans tes moyens Jean, oublie, ça te fait du mal ! lui dit Richard

— « Homme libre, toujours tu chériras la mer » tu connais ces vers !

— Je connais d'autres vers, mais pas ceux-là ! dit Richard content de sa blague à deux balles.

— Eh bien moi comme Baudelaire je veux la chérir la mer, la couper, la faire saigner de joie ! L'eau cicatrise bien, même les plus grosses entailles disparaissent une fois l'étrave passée. Laisse-moi rêver de glisser sur elle avec ce fer à repasser géant !

— Tu es lourd Jean ! Tu fumes encore de l'herbe à ton âge ou c'est un reste de tes délires passés, bon allez on y va ?

Belle, abandonnée, rejetée, comme pestiférée, l'embarcation avait hérité du malheur de son propriétaire. Elle se trouvait en bout de quai, comme si on l'avait mise en quarantaine. Sa coque « noire laquée » donnait dans la nuit le lustre qu'elle méritait. Celle-ci était surmontée d'une cabine blanche profilée, assortie d'un pont en lattes de teck du meilleur effet.

La passerelle d'accostage tremblait sous les pas des trois hommes. Jean se mit à regarder autour de lui, maintenant il avançait sur la coursive à petits pas. Quand il aperçut la petite porte, il fit un signe du menton pour avertir Richard et Wilson, qui étaient un peu en retrait. Le chauve tatoué ne remuait pas la queue, mais on sentait qu'il était tout émoustillé par l'aventure, content comme un chien devant un os. Richard lui aurait donné volontiers un sucre s'il en avait eu un.

Wilson répétait en gémissant que quelqu'un les observait, son instinct de policier ne l'avait jamais trahi. Il pensait qu'après la tombée de la nuit le risque était plus grand encore qu'ils se fassent chopper comme de vulgaires voleurs, rien de précis, une intuition.

L'ambiance devenait au fil du temps légèrement électrique. Les trois hommes se cherchaient du regard pour se réconforter, subodorant quelque chose de malsain. Le temps avait viré à l'orage et les acolytes étaient sûrs que le tonnerre allait faire sortir un démon de sa retraite. Richard reconnut la voix familièrement rauque d'Angèle dans le grondement de l'orage, comme si elle leur adressait un message, celui de rebrousser chemin. Pourtant, ni la pluie drue ni les éclairs qui éventraient la nuit ne firent obstacle à leur progression.

Jean était buté et orgueilleux. Aussi orgueilleux que Wilson ? Peut-être bien pire. En tous les cas, le prototype du fouineur qui avec sa maniaquerie légendaire ne lâchait jamais l'affaire, même jusqu'à l'épuisement. Richard s'en était aperçu lors de leur partie de pêche épique où il avait fait preuve de sang-froid quand il s'était planté l'hameçon dans le doigt.

Le silence humain entouré du vacarme des éléments était pesant, et ce n'était pas Wilson qui aurait enlevé du poids dans la situation. Celui-ci pouvait rester muet pendant des jours si l'une de ses idées se voyait contrariée.

Son mutisme ce soir inquiétait Richard qui le connaissait par cœur, mais là, il se disait que c'était un peu trop. Le commissariat l'avait broyé lui aussi, comme Richard, mais lui il était toujours en « activité », bien que ce terme associé à son nom relevait plutôt de l'oxymore.

Jean en revanche était plus loquace. Il poussait le bavardage jusqu'au fin fond de l'absurde, fatiguant souvent son public, toujours en frottant ses deux grandes mains l'une contre l'autre, comme pour réduire en bouillie les avis contraires.

De toute façon, qu'ils furent rustiques, raffinés ou refoulés, qu'ils furent larges ou minces, avec une ancre sur le crâne ou dans le cœur, ils se retrouvaient prostrés devant la porte de la cabine, la bouche grande ouverte sur l'inconnu. Ils descendaient l'escalier étroit, exigu comme dans l'œsophage d'une bête qui avait quelques remontées acides. Certains de découvrir finalement au fond de ce bateau, le bout d'un intestin puant, quelque chose de pas très catholique.

Richard descendit le premier dans les méandres du couloir vers la partie basse. À cet endroit, le sol semblait avoir été nettoyé, les lattes vernies laissaient malgré tout quelques marques qui n'échappèrent pas au flair de blaireau de Richard.

— Là ! Wil regarde, on dirait que l'on a tiré quelque chose, le parquet est tout rayé dans cette direction !

Les faisceaux des trois frontales faisaient des arabesques dans le ventre du bateau et rappelaient un combat de sabres laser de la guerre des étoiles. Les lumières diaphanes suivaient les traces qui passaient finalement sous une porte. Jean se mit en face la serrure et devisa un instant. Il sortit son couteau suisse la crocheta en un tour de main et ouvrit la porte de la chambre. Celle-ci était quasiment vide si ce n'était une malle rouge contre une paroi.

— Putain cette malle, j'ai aidé Angèle à la mener dans sa bagnole !

— Bon, déjà on n'est pas venu pour rien ! Alors, ta voisine c'était le rendez-vous de notre brave Raymond, ta voisine l'ensorceleuse qui te fait tourner la tête ?

— Oui, bon, c'est vrai on peut tout supposer, mais en tous les cas cette nuit j'ai eu du flair et ma vie privée ne regarde que moi, Wilson, ok ?

Ils ouvrirent la malle et se trouvèrent devant un gouffre de perplexité. Du sang parsemait le pourtour des parois comme une aquarelle trop diluée. Avec l'humidité des gouttes s'étaient formées et une odeur infâme s'y dégageait. La lampe torche de Jean balayait méthodiquement le fond de la malle quand tout à coup une présence vivante fit son apparition.

Richard suivait maintenant dans la lumière un petit animal rampant et visqueux.

— Eh, les gars, regardez ! Un ver !

Richard regarda Jean avec une sorte d'effroi dans le regard puis se ravisa rapidement pour dédramatiser la situation. Les vers de Samane lui trottaient dans la tête, mais il ne voulait pas qu'ils trottent dans la leur. Ils étaient assez stupides pour ne pas faire la relation entre les deux affaires.

Même lui avait du mal à admettre l'impossible. Lui seul serait à même de juger le moment venu la personne qui paradoxalement lui avait redonné le goût de la vie. Il savait que ce ne serait pas si simple de prouver sa culpabilité. Il ne savait pas trop pourquoi la mort de la sœur d'Angèle était associée à celle de son directeur, mais un lien visqueux les unissait, les vers. Richard adressa à Jean un petit sourire d'un air de dire « Alors Chochotte, la grosse bête à peur de la petite ! », en lui faisant constater qu'un ver n'était pas la découverte du siècle. Au fond de lui il repensait à son directeur qui s'était fait bouffer par ces bestioles et il subodorait le fait que la pauvre Missa avait dû finir dans cette boîte. Pourquoi Angèle avait tué sa sœur, ça lui paraissait impossible pourtant les faits étaient là. C'était un mystère, il pensa qu'elle avait eu, sans trop de difficultés le cœur de Samane, qui généreusement lui prodigua des cours de pilotage pour enfin se rendre en mer et jeter la tête au large. Pour le sang qui tapissait le coffre, Richard leur dit que c'était certainement celui d'un thon, mais les deux acolytes n'étaient pas dupes à ce point, l'odeur n'était pas la même. Malgré tout, ils n'avaient pas envie de le contredire en se disant que finalement c'était son affaire.

— Et si on partait maintenant ! Allez, on ferme la boîte et on se casse ! dit Wilson prenant les choses en main.

Ils quittèrent le bateau vers 3 heures du matin et au moment de monter sur la passerelle, Wilson vit un gros chat roux qui se frottait sur un poteau en inox comme s'il voulait un câlin. Il était imposant et Jean se demandait s'il avait déjà vu un chat sur un bateau. Il pensa que c'était peut-être le chat de Samane. Les yeux terreux de l'animal firent chavirer Richard par-dessus bord de la rationalité. Il connaissait ce regard d'outre-tombe et dit à Jean de passer loin du félin. Il lui susurra à l'oreille :

— Jean, s'il te plaît ne le regarde pas !

Les trois hommes descendirent la passerelle sans dire un mot, seuls les gargouillements bizarres du chat résonnaient au bout du quai. Ils se retournèrent comme un seul homme après avoir parcouru une centaine de mètres.

Le bateau leur apparaissait maintenant comme une longue ligne noire, presque à fleur d'eau, donnant l'impression d'une étrange malignité latente.

XXII

Quelques jours plus tard, palpant une orange avec la précision d'un horloger suisse, Richard, après mûre réflexion, les yeux en l'air, déposa celle-ci dans son panier, et une autre. Comme ça il en prit plusieurs, toujours avec la même application. Le marchand de primeurs était à une centaine de mètres de chez lui et Richard avait pris le taureau par les cornes. Il avait décidé de se blinder en énergie. Il était dix heures, il avait passé une bonne nuit, malgré tout il sentait que son « chi » avait du mal à se frayer un passage dans son corps. Il avait ses éléments de langage, lui aussi. Il était conditionné par de vieux restes en ombres chinoises du tai-chi, discipline qu'il avait pratiquée jadis. Il n'y avait peu de monde ce jour-là dans l'échoppe et le jeu de glaces inclinées sur les fruits et légumes, donnait une impression de profusion. Richard se sentait emporté dans un conte comme celui d'Alice au pays des merveilles. Les couleurs chatoyantes exacerbaient cette sensation et il ne manquait plus que le lapin blanc pour parachever son errance poétique.

Tout vieux qu'il était, il avait gardé une âme d'enfant. Au moment de poser la main sur une pomme une autre main, brune, s'agrippa au fruit avant lui.

— Pas assez rapide Ritchie, elle est à moi ! dit-elle en plaisantant.

— Angèle, tu m'as fait peur !

— C'est bon, excuse-moi, tu ne serais pas un peu à cran, toi ?

— En ce moment je ne vais pas trop bien ! C'est compliqué !

— Viens chez moi ce soir, je sais comment chasser les angoisses, mais ça, tu le sais déjà, non ? Allez Ritchie fait moi plaisir ! J'ai besoin de te sentir bouger en moi comme une anguille !

— Moi aussi j'ai envie de tes caresses, mais avant j'aimerais que tu sois en paix avec toi-même. Lorsque tu auras retrouvé ta sœur, on en reparlera.

— Et si je ne la retrouve jamais alors ?

— Ça y est, maintenant tu admets que tu ne puisses jamais la retrouver ! Pourtant il y a peu, tu disais que tu savais où elle était, qu'elle trainait dans le quartier Noailles, je ne te crois plus Angèle tu dis que des conneries. Je ne comprends rien, tu m'as demandé de t'aider à la retrouver et aujourd'hui, tu baisses les bras ? Tu me prends pour un con tu m'as mis sur la piste de Jean alors qu'il n'y ait pour rien dans l'accident, j'en suis sûr.

— Eh mon poulet, si jamais tu veux me voir ce soir, tu m'appelles, tu sais où j'habite, ciao !

En plus, elle l'appelait Ritchie, c'était le nom qu'on lui donnait quand il avait vingt ans : « Ça faisait plus jeune que Richard ». Maintenant en revanche il avait réintégré son véritable nom, comme une évidence. Il avait plus la tronche à s'appeler Richard que Ritchie. Était-ce encore une coïncidence ou bien elle connaissait son surnom, et dans ce cas qui lui en avait parlé. De la part de sa sorcière bien-aimée, plus rien ne le surprenait !

Son sac de fruits sous le bras il arpenta la rue Colbert jusqu'à la place Sadi Carnot. Il était presque arrivé chez lui et le train monotone de ses pas insufflait de la matière à la vacuité de son cerveau. Il se questionnait à voix haute : « La police j'en suis, ou plutôt j'en étais, mais je n'ai pas oublié les rouages de la mécanique administrative dans les commissariats, les dépositions, les preuves… etc. En général elles aboutissent à une inculpation ou un non-lieu, ou un tas d'autres choses, mais elles aboutissent. Aujourd'hui j'ai l'impression d'être dans un tourbillon qui m'empêche de voir la réalité.

Je fais tout à l'envers, je fais de la rétention d'indices, je me rends complice de quelque chose de grave, je le sens, sans vraiment prouver quoi que ce soit. Je devrais normalement m'y rendre dans ce putain de commissariat, tout leur raconter, tout leur dire sur cette femme machiavélique qui me fait rechercher sa sœur alors que c'est elle qui l'a certainement tué. Samane lui aussi avait croisé sa route, mon patron ! Mais c'était grotesque pourquoi elle l'aurait tué, quel rapport entre eux !

Puis soudain, toute idée de temps s'effaça devant une image fulgurante d'une extrême intensité et d'une horreur inexplicable, qui la saisit avant même qu'il ait pu l'identifier. La porte de son esprit était ouverte sur un gouffre de ténèbres. Et au moment où il la vit dans l'épicerie, quelque chose passa ou sembla passer sur un fond obscur, gravant une impression fugitive de cauchemar, d'autant que de l'analyse de sa plastique d'ébène callipyge on ne pouvait déceler le moindre caractère cauchemardesque. Il rentra chez lui et s'enferma à double tour.

XXIII

Un mois plus tôt, dans son appartement de la Plaine, Angèle éteignit la radio et resta un long moment devant la fenêtre, contemplant le marché qui s'étalait sur la place.

D'un geste familier, elle enfonça les doigts dans ses cheveux crépus. Depuis que son homme l'avait quitté pour sa propre sœur, elle était excédée. Malgré tout, Angèle était triste de ne plus la voir. Elles ne s'étaient jamais quittées, et là, ça faisait presque un mois que Missa avait coupé les ponts. Celle-ci ignorait qu'Angèle connaissait sa relation avec Jean. Angèle considérait qu'elle était morte pour elle, trop de rancœurs subsistaient, elle en avait la conviction. Une conscience primaire instinctive qui ne l'avait jamais trahi lui montra le chemin. Sa jalousie était totale et elle s'était juré de se venger de lui.

La mine défaite s'accrochait aux cernes de ses yeux. Son visage arborait les outrages de la trahison. Elle se sentait tellement blessée qu'elle avait du mal à aller de l'avant. Dans sa robe de chambre grise en éponge, elle quitta sa fenêtre et se secoua la tête violemment comme pour se revivifier.

Il fallait absolument qu'elle résolve le problème immédiat, son déménagement. Son proprio l'avait averti qu'elle devait quitter les lieux début de la semaine prochaine, ça lui laissait quatre jours. Elle avait réservé le déménageur pour lundi. « Quatre jours pour faire les cartons », c'est faisable se dit-elle. Le quartier de la Plaine était trop bruyant et elle partait pour un appartement plus grand, rue de la République. Offusquée, la tête ailleurs, elle laissa tomber ses cartons et se dirigea fébrilement vers le téléphone.

Elle composa un numéro qu'elle n'avait plus fait depuis longtemps, celui de sa traîtresse de sœur. Malgré tout, quand elle l'entendit, son cœur se mit à battre plus fort. Après quelques banalités, elle lui demanda de venir la voir, que c'était important. Missa ne comprenait pas trop pourquoi, Angèle voulait la voir, à sa voix, elle sentait que ce n'était pas pour faire la paix.

Les choses s'étaient déroulées sans qu'elle ait eu à faire quoi que ce soit.

Angèle était allée au commissariat de la Canebière pour faire une réclamation à propos d'un procès-verbal abusif. Assise dans la salle d'attente, elle observait le va-et-vient de tous ces bipèdes, bleu et blanc, qui lui faisait penser à des pies, jacassant. Elle suivait machinalement la discussion d'un certain Wilson qui se confiait à une secrétaire. Il avait l'air inquiet pour son ami, nouveau retraité, qui n'arrivait pas à remonter la pente. Quand il dit le nom de Richard Salieri à l'employée, elle resta perplexe. Elle l'avait connu vaguement, à l'époque, peu après être arrivée en France. Richard avait traîné comme elle, à « L'arsenal des Galères », une boîte de nuit sur le quai de Riveneuve. Elle savait que sa femme était morte d'un accident de voiture.

L'attention qu'elle portait sur la conversation s'arrêta net au moment où, un homme replet sorti de son bureau et l'appela.

Sur sa porte était écrit « Raymond Samane. Directeur ». Après les salamalecs d'usage, il lui proposa de s'asseoir avec une gluante courtoisie. Elle avait l'impression d'être scannée des pieds à la tête. Après avoir réglé son problème de procès-verbal, il commença à devenir un peu plus entreprenant. De fil en aiguille, la conversation administrative passa dans le domaine de l'affectif, des confidences qu'Angèle voulait l'amener à lui faire au sujet de Richard. Où il habitait, les détails précis de l'accident de voiture, etc. Il lui dit tout ce qu'elle voulait savoir dans les moindres détails, hypnotisé par sa beauté brute sculpturale. Il lui dit que Richard habitait rue de la République, et elle se dit qu'ils seraient peut-être voisins. Raymond était tellement excité qu'il ne s'arrêtait plus de parler de son ancien collègue. Dans un moment de lucidité, il dit à Angèle

— pourquoi je vous raconte tout ça ?

Dit-il l'air étonné !

— Parce que je vous plais, c'est tout !

Raymond, interloqué, sentit son visage devenir écarlate. Aucune femme ne lui avait parlé comme ça avec autant d'impudeur. Du tac au tac, il lui proposa :

— Ça vous dirait d'aller boire un coup, un soir !

— Pourquoi pas !

lui dit-elle

Tout émoustillé, il lui proposa un rendez-vous, qu'elle refusa, que c'était trop tôt, qu'elle était en train de déménager. Ils reportèrent leur sortie la semaine d'après.

Deux jours plus tard, Missa arriva devant chez elle.

Aussitôt la porte ouverte, Angèle comme une guerrière se jeta sur elle :

— Qu'est-ce que tu fais avec lui ?

Lui dit-elle abruptement sans préambule.

— Bonjour à toi aussi, Angèle ! Tu me fais venir pour me jeter ? Pour me poser des questions débiles comme ça ?

— Non, vraiment, pas si débiles ! Je sais que tu es avec lui !

— En fait, je t'emmerde Angèle, tu comprends ! Tu me dis de venir, je viens après tout ce que tu m'as fait subir, et surtout n'oublie pas que c'est toi qui as coupé les ponts entre nous ! lâcha Missa avec une articulation à se décrocher la mâchoire.

— Tu te tapes mon mec, et tu crois que ça va se passer comme ça, tu es une véritable salope ! Lui répondit excédé Angèle, la commissure des lèvres blanche de salive.

— C'est vrai, je me le tape, et il prend certainement plus de plaisir qu'avec toi !

Répondit Missa en s'approchant d'elle, comme si elle voulait la frapper, les poings faits et les yeux écarquillés.

Angèle était hors d'elle et lui tourna le dos pour reprendre ses esprits. Ensuite, elle fit quelques pas pour détendre l'atmosphère, désamorcer la bombe qui risquait d'exploser d'un instant à l'autre. Elle se retourna les bras tendus comme si elle l'implorait.

— Pourquoi lui ?

— Lui ! comme tu dis… il n'est pas responsable, lui ! Je ne l'ai pas violé, tu sais !

Lui répondit Missa un peu plus calmement.

— Je suis triste ! Je n'aurai pas pu imaginer qu'il me fasse une chose pareille, en plus avec toi ! dit Angèle effondrée.

Missa se rapprocha d'elle en pleurs.

— Il ne sait même pas que je suis ta sœur ! Je ne lui ai jamais dit !

— Et bien voyons ça t'arrangeait un peu non ?

— Pense ce que tu veux, je m'en fous !

— Bon, calmons-nous, on va parler tranquillement, je vais faire du thé !

Angèle partit vers la cuisine le regard oblique, la tignasse plus touffue que jamais. Elle revint dans le salon avec sur le plateau décoré de signes cabalistiques de son île natale, une grosse théière en fonte, fumante, et deux tasses du même acabit.

— Je me souviens de ce service à thé ! dit Missa un peu plus enjouée.

— Bien sûr que tu t'en souviens et heureusement ! C'est un cadeau du Papa !

— Le Papa que tu as laissé ?

— Tu sais bien qu'il voulait rester chez lui, il est mort sur sa terre !

Lui dit Angèle, du miel sur la langue, comme toujours quand elle parlait de Papa Rufin.

Quatre lèvres épaisses comme des sangsues gorgées de sang buvaient à petites goulées le breuvage âpre et sucré. Les deux femmes faisaient tour à tour une sorte de repentance l'une vis-à-vis de l'autre, regrettant le chaos qui en avait résulté. Comme si l'homme qui avait partagé leurs vies les avait rapprochées par un effet d'aubaine.

Si Angèle n'avait pas fait le premier pas, elles ne se seraient certainement jamais revues. Elle essayait d'expurger le pu d'un bouton si vieux qu'il était enkysté dans sa chair, mais qui aujourd'hui ne demandait qu'à éclater. Même si elle ne lui donnait pas de nouvelles, Angèle était capable de comprendre l'attitude de sa sœur. Elle l'avait laissé tomber à un moment pénible de sa vie, et il était un peu normal que Missa soit réticente rien qu'à l'idée de lui parler.

Celle-ci lui faisait une autre confession. Elle déplorait le fait qu'elle soit encore aujourd'hui sous l'emprise de sa mère. Elle la harcelait tellement lui racontant qu'elle serait mieux au pays avec elle à Port-au-Prince.

— Tu sais que si le Papa est mort c'est à cause d'elle ? dit Angèle en déglutissant un reste de bave, les yeux gonflés.

— Je le sais, crois-moi Angèle, crois-moi !

— Ah bon !

— Hé oui figure-toi que nous t'avons laissé croire qu'il était mort !

— Quoi, il est vivant ?

— C'est compliqué ! Pas vraiment non plus. Feula Missa dans une expiration lente agrémentée de mouvements de tête appropriés.

La fille aux longues nattes brunes perlées rejetées en arrière et constellées de perles multicolores fixait sa sœur Angèle avec une sorte de pitié dans le regard. Sa coiffure était comme un champ de maïs creusé de sillons réguliers en lisière desquels son crâne transpirant irriguait l'angoisse. Un collier en pierres précieuses cerclait son cou.

Elle lui raconta qu'après son malaise dans le champ, son père avait succombé et qu'il avait été ramené au village.

Dans une sorte de folie collective ce soir-là, tous les amis de Papa étaient là. Les fervents du culte étaient déjà en pleine transe les yeux retournés, s'agitant comme des marionnettes. Il y avait même « Baron Samedi » le maître des lieux, imbibé de rhum. Les autres gloires du cimetière étaient toutes là pour fêter la mort du grand maître de cérémonie, Rufin leur père spirituel. De l'eau de l'huile et du vin furent répandus sur sa tête et l'on traça des signes sur son front avec de la farine blanche. Puis en lui donnant selon les rites à manger des gâteaux qui étaient posés sur un autel de fortune, ils lui faisaient boire du vin, du rhum. Des gâteaux préalablement réduits en miettes furent mêlés dans une tasse et en lui en administra quelques cuillerées. On fit de même d'une boisson composée de gouttes du contenu de chacune des bouteilles. C'est, paraît-il, une cérémonie préliminaire selon le rite chrétien. Après, les chants vaudou reprenaient et pour la première fois son nom se mêlait aux mots africains et créoles. Élevant la voix de manière à couvrir celles des chanteurs. La mère, une fois encore demanda le silence, posa ses mains sur sa tête et prononça une longue invocation mêlée de créoles et d'Africains par laquelle elle convoquait les dieux et les déesses de la vieille Afrique.

Désormais papa Rufin, est auprès de notre mère complètement drogué, anéanti et d'une manière irréversible.

— Si tu avais été là, tu aurais laissé partir papa dans l'autre monde. Tu étais la seule à pouvoir lutter contre maman, c'est pour ça qu'elle t'en voulait autant ! Tu étais plus forte qu'elle !

— Je sais, mais j'étais ici, et toi aussi !

— Papa t'aimait plus que tout,, plus que moi ! Même petite, je le sentais !

Lui répondit Missa.

— Papa qui devient zombie en 2009 et un an plus tard, le séisme. J'aurai dû l'emmener de force avec toi ! Je t'ai emmené ici, chez la cousine, pour éviter qu'il t'arrive quelque chose. Tu n'as jamais eu la moindre reconnaissance à ce propos. Et le bouquet maintenant c'est que j'apprends que tu te tapes mon mec.

Angèle se leva_doucement les mains posées sur la table les bras légèrement pliés, et approcha sa tête de celle de Missa en sortant la langue comme un serpent à sonnette prêt à mordre.

— Arrête un peu tu me fais peur ! lança Missa. Angèle reprit :

— Richard ! Ça ne te dit rien ?

— Ça devrait ?

— Je suis un peu bête, en fait tu ne dois pas t'en souvenir, tu as toujours eu une mémoire de poisson rouge. Nous venions juste d'arriver en France, c'était en soixante-quinze, c'est tellement loin tout ça, j'avais quinze ans, tu en avais douze. Quand la cousine nous laissait sortir, on allait danser, on faisait des boums à l'arrière du « Rialto » le bar-tabac de la pointe rouge. Je te traînais comme un boulet avec moi parce que sans toi, la cousine ne me laissait pas sortir !

C'est dans ce bar que j'ai rencontré pour la première fois Jean, l'enfoiré qui m'a trompé avec ma propre sœur !

— Arrête de parler comme ça, Angèle, tu me rends nerveuse!

— Oh ça va ! Figure-toi que ce fameux Richard, je l'ai aperçu en allant visiter mon nouvel appartement, il m'est passé à côté et ne m'a même pas reconnu ! C'est vrai qu'au temps des boums, je n'avais pas la même tête, et en plus je me faisais appeler par mon deuxième prénom. Richard était trop occupé par sa copine Hélène et par son ami Jean, pour me porter ne serait-ce qu'une petite attention.

— C'est le mec qui a perdu sa femme dans un accident ? Lui demanda Missa.

— Exactement. Le comble tu vois, c'est que ce mec, comme tu dis, habite juste au-dessus. Angèle tendait un doigt vers le plafond avec un petit rictus boudeur qui lui déformait le visage.

— C'est vraiment étrange cette coïncidence comme si le destin le mettait sur ta route. Lui susurra Missa mystérieuse.

— Mais je m'en contrefous de lui, fait moi plaisir, parle-moi plutôt de Jean !

— Il n'y a pas longtemps que l'on se voit et je ne pouvais pas imaginer que vous étiez encore ensemble. Même lui ignore que je suis ta sœur ! Et puis je te signale que je ne t'ai jamais vu une seule fois avec lui ! Tu m'en as parlé à l'époque c'est tout. Nous aurions dû avoir cette discussion depuis longtemps, depuis des années. C'est quand même dingue de s'être éloignées comme ça à cause de lui, ma sœur ! lui répondit Missa bouleversée.

Les volutes de vapeur qui s'échappaient du bec de la théière faisaient penser aux dessins tourmentés d'une aurore boréale. Autour d'elles se déchiraient deux mondes où celui de la culture africaine côtoyait celui de la modernité occidentale, tous deux imperméables. Angèle était la seule à pouvoir comploter en passant de l'une à l'autre quand ça l'arrangeait. Elle était le liant de ces deux cultures.

Missa écoutait de moins en moins sa sœur pour se focaliser sur ces arabesques hypnotiques, elle les suivait avec anxiété, comme si elle suivait un chemin miné.

— Je me suis toujours demandé pourquoi papa t'appelait « la Reine des vers »

— Je t'ai déjà raconté ? lui dit Angèle en soupirant.

— Non pas vraiment, je devrais le savoir ?

— En fait, je n'ai raconté cette histoire que très rarement, mais toi, je croyais que tu la connaissais.

— Allez, raconte !

— Bon. Alors voilà. Un jour, j'étais parti à la lisière de la mangrove pour cueillir des plantes quand tout à coup un bruit a attiré mon attention. Un bruit étrange, comme un pleur, un gémissement presque enfantin. Quelques pas plus loin à l'orée d'un bois dans une clairière, je me suis retrouvé en face d'un chevreau agonisant !

Et bien vois-tu, ce jour-là, je me suis rendu compte de mon pouvoir. L'animal allait mourir et je ne pouvais rien faire, je ne savais pas comment arrêter tout le sang qui pulsait de son cou à chaque halètement. C'était, à voir le carnage, la morsure d'un caïman. C'était tout frais, le sang était rouge. J'ai dû éloigner le prédateur de son festin, en sifflotant le long du chemin. Devant ce corps en souffrance, j'ai fait une prière que m'avait apprise Papa, plutôt une incantation qu'il pratiquait lui, pour soulager les gens de problèmes de santé incurables dans la médecine conventionnelle.

Je resserrais mes poings, et dans un état de transe je me mis à récupérer un peu de sang de l'animal qui coulait comme une fontaine. Dans une sorte d'inconscience, je me suis enduite des pieds à la tête de ce liquide chaud tout en égrenant le chapelet de paroles cabalistiques de papa qui aurait pu paraître sans cohérence évidente pour le commun des mortels.

Je voulais absolument abréger les souffrances du chevreau, mon but secret pourtant était celui de le guérir.

À cet instant venu du sol comme par magie, une génération spontanée de vers débarqua de l'enfer. Des centaines étaient venus autour de moi comme des guerriers attendant un ordre. Bizarrement, ils avaient l'air de me regarder, de me respecter. Ils se pavanaient se contorsionnaient dans tous les sens en formant un cercle parfait dont j'étais le centre. Dans mon état semi-comateux, j'ai montré du doigt la bête, je ne sais pas pourquoi j'ai fait ça ? Les vers quittèrent le cercle et dévorèrent le chevreau à une vitesse ahurissante. En quelques minutes, il ne resta plus rien de Bambi.

L'histoire d'Angèle avait complètement traumatisé Missa qui était resté quelques secondes, bouche ouverte et yeux écarquillés. Pour changer d'ambiance, Angèle demanda des nouvelles des parents sur un ton un peu moins ténébreux. Missa lui répondit qu'ils avaient fait un bref séjour à Marseille.

Oui, et, elle était très pressée. Je te parle d'elle parce que parler du papa... enfin je te raconterai. Elle était venue à Marseille pour régler quelques affaires avec un client. Je ne l'ai vu même pas une heure et je te garantis que pour moi c'était largement suffisant. Je ne pouvais plus supporter de voir papa dans cet état. Depuis sa métamorphose, il est devenu un animal de foire, la bébête à maman ! Que veux-tu, il était tellement plus intelligent qu'elle, plus gentil aussi, toutes ces qualités qui lui faisait défaut, l'ont rendue acariâtre à la longue, aigrie. Elle se croyait dominée en quelque sorte par son mari alors que ce n'était pas le cas.

Le jour de sa mort, elle a pris sa revanche. Papa est devenu une véritable larve. Chétif, il se déplace avec peine, quand il veut parler, il crache des borborygmes dignes des meilleurs films d'horreur.

Sa peau est tannée, plissée comme un parchemin. Quand il m'a vu, une étincelle de joie s'est mise à luire dans ses yeux ratatinés. Entre le cuir boucané de ses lèvres, il marmonna ton nom sans arrêt, à un moment maman l'a regardé avec les gros yeux, comme lorsqu'on puni un enfant qui a fait une bêtise. Papa a réagi de la même manière, il a baissé les yeux et s'est arrêté de parler.

Un climat plus favorable s'installa et Angèle était devenue plus calme vis-à-vis de sa sœur. Elle la regardait, presque attendrie maintenant, alors que son intention première était tout autre. Celle-ci voulait en découdre avec elle à propos de Jean. Mais peu à peu, sa colère s'estompait pour laisser place à une joie contenue, celle d'avoir retrouvé sa Missa, la petite fille complice de son enfance qui dans ses souvenirs la suivait de partout.

— Arrête de boire ton thé ?

Lui dit Angèle, péremptoire.

— Il faut que tu partes ! Tu prends un risque de rester avec moi, je suis dangereuse !

Devinant un malheur qui allait arriver, elle sentait que son pouvoir maléfique risquait de se manifester à son insu.

Elle ressentait maintenant des petits picotements sur les tempes caractéristiques d'une « crise de vers » comme elle disait, en pensant que c'était une maladie incontrôlable comme une crise de nerfs.

Les dés étaient malheureusement jetés, et le sort de Missa glissa entre les mains d'Angèle. Le mal avait pris le dessus et personne n'y pouvait rien changer.

Pourtant elle luttait de tout son être pour faire diversion de ses idées noires, mais rien n'y fit.

Une masse, sombre et grouillante surgit du néant enveloppa Missa comme une seconde peau. Celle-ci eut juste le temps de pousser un petit cri de poule, rien d'autre. Quelques instants plus tard, les vers ayant fini leur agape s'ouvrirent en grappes comme les pétales d'une fleur charnue, carnivore. Il ne restait plus rien, même pas un os, rien ! Il ne restait plus que la tête. Angèle comprit que le collier du papa avait arrêté le sortilège. Il avait stoppé les vers, juste à la base du cou. Horrifiée, Angèle était prostrée dans un coin du salon, s'agrippant aux cloisons à se faire saigner les doigts.

La mort de sa sœur maintenant, comme jadis la biche dans le bois et tous les autres cas qui suivirent, ça ne finira jamais ? se dit-elle. Maintenant, elle ressentait un certain soulagement, une délivrance comme après un malaise vagal lorsque l'on reprend ses esprits. Elle était comme ça, inconsciemment elle cherchait le paroxysme pour redescendre à un niveau normal. Les yeux dans le vague elle avait l'air sereine, après plus d'une heure ramassée sur soi.

Il fallait que tout cela prenne fin, mais c'était difficile. Elle commençait à digérer ce qu'elle avait vu, comme d'habitude, lentement comme un serpent qui déglutit sa proie. C'est qu'après qu'elle réalisa vraiment que sa sœur était morte. Une décision s'imposait. Appeler la police ou se débrouiller seule avec les restes. Elle opta pour la deuxième solution. De toute évidence, elle ne pouvait expliquer à des flics, l'inimaginable.

Elle s'était levée à la manière d'un automate. Les bras tendus, Angèle commençait à marcher comme un aveugle qui cherche son chemin. Sa grosse malle rouge fit irruption dans son champ de vision dans le coin opposé du salon. Celle dans laquelle elle stockait la vaisselle et diverses broutilles.

— Une coquille pour sa sœur. Missa y séjournera. Elle sera protégée, un peu comme un bernard-l'hermite des prédateurs.

Après les élucubrations de son cerveau du certainement à un excès d'endorphines, elle avait balayé le sol du monceau de vers gonflés de chair et jeta une grande serviette sur la tête déformée de stupeur, inerte aux yeux exorbités. Elle l'entoura avec parcimonie en prenant soin de récupérer le collier qui lui servirait plus tard à jeter le trouble, en l'accrochant dans le bateau de Jean. Il ne restait plus le moindre ver sur le plancher. Ils étaient maintenant au fond de la grosse malle, prêts à accueillir les restes de la pauvre Missa. Quand elle posa la tête sur le tapis de vers, celle-ci s'enfonça un peu comme si elle flottait sur un duvet moelleux. Angèle apprécia la chose, qui atténuait un peu la dureté du moment. Après avoir mis la malle à la cave, elle passa complètement à autre chose. Cette haine qui la rongeait, celle qui avait eu raison d'elle, celle qui avait déclenché le sortilège des vers contre son gré, celle qui lui avait enlevé sa sœur, la rendait hystérique.

Elle ne pouvait plus vivre comme ça. Finalement, elle pensa que le seul responsable c'était Jean. Pour quelqu'un de normal ce n'est pas rien d'être trompé, mais au point de tuer, il y avait de la marge. Pour Angèle qui avait un ressentiment énorme, c'était devenu rédhibitoire, elle avait déjà intégrée sa vengeance.

XXIV

Richard resta chez lui une grosse partie de la journée et profita du calme pour mettre au clair ses idées. Boulimique, il écrasait des oranges, des pommes, et s'en faisait des jus. Sirotant le nectar devant l'écran de son ordinateur, il avait la sensation de prendre des forces, de faire le plein de vitamine C. Ce qu'il savait au fond de lui c'était que son véritable carburant mesurait un mètre soixante et avait la peau noire. En fin d'après-midi il pleuvait comme vache qui pisse, mais il fallait qu'il sorte au moins pour se dégourdir, pour tenter d'oublier Angèle, il utilisait des artéfacts de base. Quand il ferma la porte, le bruit des clés s'amplifia dans le grand couloir. Il ne voulait pas faire de bruit, et descendit à pas de loup. Quand il passa devant le troisième étage, il s'aperçut qu'un peu de lumière s'échappait en bas de la porte. Angèle était chez elle. Une petite chair de poule lui couvrit les bras. Au moment de franchir le palier et de mettre le pied sur la première marche vers le deuxième, Angèle apparut dans l'encadrement de la porte. En jeans et débardeur noirs. Sa peau luisait, cuivrée. Elle était telle qu'elle avait toujours voulue être. Telle que Richard n'avait cessé de la rêver depuis leur brûlante nuit. Belle, noire, ensorceleuse. Elle avait traversé, toutes ces épreuves, intacte. Et bien que son plan pour tuer Jean par procuration n'ait pas abouti, bien qu'elle ait tué Raymond Samane, l'amoureux transi aurait tout donné pour elle. Il l'avait surtout bien renseigné sur la psychologie fragile de Richard. Elle se disait que Samane n'était qu'une victime collatérale et que le véritable meurtre pour lequel elle pourrait être jugée était celui de Missa.

Son visage s'illumina d'un sourire. Ses yeux se posèrent sur lui. Son regard profond avait la noirceur d'une nuit sans étoiles. Richard résista pour ne pas se jeter dans ses bras, et lui fit comprendre que s'était fini, qu'il ne ferait rien contre elle, mais qu'il ne voulait plus la revoir. Elle n'insista pas, baissa la tête, lui dit un adieu entre les lèvres en refermant la porte.

Richard continua, la figure défaite, sa descente des marches jusqu'à la porte d'entrée. Déjà, du hall, une rumeur arrivait de la rue. Derrière la porte du hall d'entrée régnait une agitation inattendue, juste devant son immeuble. Les passants avaient quitté leur chemin habituel pour former une rotonde humaine. Leurs regards convergeaient vers un point précis. Richard de fraya un passage dans la foule et s'approcha, et quand il vit Angèle sur le sol, il cria d'une voix venue d'ailleurs :

— Angèle !

Angèle entrouvrit un œil et le referma. Elle était là devant lui, le crâne défoncé, entouré d'une tache de sang qui ne finissait pas et qui bizarrement avait le contour de son pays natal. Elle avait pris un autre chemin plus rapide que l'escalier, moins sûr, définitif.

Le policier à la retraite sentit tout à coup son âge le rattraper et avec l'impression que de nouvelles rides creusaient tout à coup son visage. La pluie battante sur les parapluies ajoutait une musique morne, idoine à la situation. Celle qui lui avait redonné une chose si importante qu'il avait perdu depuis longtemps, « la confiance en soi », elle était partie, elle aussi, rejoindre son cortège de morts. Maintenant, il sentait qu'il était sur le point de tout perdre.

Obnubilé par le corps d'Angèle sans vie, Richard se tétanisait de plus en plus. Maintenant, c'était le sien de cerveau qui ne réagissait plus aux stimuli extérieurs. Il entendait les gens comme dans un rêve lointain, il supputait à peine le son étouffé de la sirène des pompiers. L'immobilité se propageait dans son corps à tel point que ses jambes avaient du mal à le supporter.

Chancelant, trempé jusqu'aux os, il fut rattrapé in extremis par une petite femme qui lui prit la main. Elle le sortit du cercle des curieux, le dirigea vers la porte de l'immeuble à petits pas.

— Vous la connaissiez ? Lui dit-elle

Richard dirigea son regard vers elle, mais aucun son ne pouvait sortir de sa bouche.

— Je suis votre voisine du premier, on ne se connaît pas, mais je sais que vous habitez ici !

La petite femme vêtue de blanc parle toujours à Richard essayant de le faire sortir de sa torpeur. Lui, la regarde, absent, la tête un peu penchée. La femme est en train de se débattre avec son parapluie, et nettoie sans arrêt ses lunettes embuées. La pâleur de son teint, son regard vif et clair, le ramène à la réalité.

Cette femme aux cheveux très courts lui fait penser vaguement à l'héroïne d'un rêve qu'il avait fait. Elle a le même visage émacié que celui de David Bowie. Après quelques soubresauts au démarrage, Richard suit la femme docilement. Il sait qu'il suit un rêve, un rêve qui certainement l'éloignera définitivement des décombres du passé, un rêve qui l'obligera à tourner la page pour regarder devant, vers le futur, comme les saumons !

DU MÊME AUTEUR :

Le stakhanoviste de l'âme. Editions Le Manuscrit, 2007.

Le jour des morts. Editions Le Manuscrit, 2008.

Hippocampe. Editions BoD, 2010.

L'estoumagade. Editions BoD, 2011.